ALPHAPOLIS
WEB CITY SINCE 2000

異世界をスキルブックと共に生きていく3

A L P H A L I G H T

大森万丈
Banjou Omori

アルファライト文庫

主な登場人物
ゴブ一朗
ケンゴが最初に
召喚《しょうかん》した魔物の一体。
進化してゴブリンキング
になった。
佐藤《さとう》健吾《けんご》
本作の主人公。
元はサラリーマンだったが、
神様に『スキルブック』を
与えられて
異世界に転移した。
エレナ
ケンゴの拠点《きょてん》を
取り仕切る少女。
ケンゴに心酔《しんすい》するあまり
時々極端《きょくたん》な言動も……

ラーナ
闇組織『黒の外套《がいとう》』の一員。
ケンゴを始末しようとする。
クリスティーナ
エスネアート王国の
第三王女。
リン
元気な虎獣人の少女。
『スキル強奪《ごうだつ》』の
能力を持つ。
マリア
『予知』のスキルを持つ
狼獣人の少女。

戦争の終結《しゅうけつ》と新《あら》たな火種

俺、佐藤健吾《さとうけんご》がこの世界に転移してから数ヵ月。

大森林に一人で放り出された俺は、そこで魔物と人が共存する拠点《きょてん》を築《きず》き上げたものの、もっと多くの人と関わるために人里に出ようと試《こころ》みた。その道中、俺は『黒《くろ》の外套《がいとう》』と呼ばれる野盗《やとう》組織《そしき》に誘拐《ゆうかい》されかけていたエスネアート王国の第三王女――クリスティーナを救出したのだが、これがきっかけになって戦争に巻き込まれてしまう。

うちの拠点で魔物との通訳を務《つと》めるエレナが、クリス王女の身柄《みがら》を要求し、それと引き換《か》えにグラス帝国との戦争への助力を約束したのだ。いったいどうしてこうなった……

ナミラ平原での戦争では、帝国が召喚《しょうかん》した勇者が率《ひき》いるアンデッド軍団の圧倒《あっとう》的な数に押されて王国は大苦戦。俺も敵方の主力であるS級冒険者のエッジ達のパーティーに苦しめられ、仲間の命を危険に晒《さら》してしまった。これは大いに反省すべき点だ。

それでも、最終的には虎型獣人の女の子、リンのユニークスキルで勇者のスキルを奪《うば》い取り、無事に勝利できた。王国はこれから戦後の復興《ふっこう》に忙《いそが》しくなるだろう。

捕《と》らえた帝国の勇者——村上《むらかみ》君については、今回の戦で軍を率いたレルド王子立ち会いのもと、即座に尋問《じんもん》が行われた。意外にも、勇者は自分が中心となって今回の戦争を起こしたとすんなり自供した。目的は魔王の魔石と、レベル上げだそうだ。

帝国や王国に多くの犠牲《ぎせい》を出したというのに、特にそれを気にした様子はなかった。信《しん》じ難《がた》いが、どこかゲーム感覚で戦争をやっている節《ふし》がある。他にも彼と同《おな》い年《どし》の勇者が召喚されたらしいけど、そいつらが最低限の常識を持った人物であってほしいと切《せつ》に願う。

結局、勇者は一時的に俺が拠点で預《あず》かることになった。戦争の影響で王都は未だ混乱の渦中《かちゅう》にあり、勇者を受け入れる態勢が整《ととの》っていなかったからだ。

王国の部隊を魔道具の〝転移門〟で王都に送り届けた俺は、拠点に戻って久々にゆっくりした日々を送るのだった。

——戦争終結《しゅうけつ》から一週間が経《た》った。

新《あら》たに配下になったエッジ達のパーティーだが、エッジと魔法使いのマーリンは情報収集なども兼《か》ねて、一度帝国に戻らせた。あの二人は冒険者として名が通っているし、いずれ役に立ってくれるだろう。一方、『契約魔法』の使い手リアムと、彼女が持っていた魔石から召喚したメルドとムランは、しばらく拠点で生活してもらうことにした。

さて、ここ数日、俺は今回の戦争で得た魔石や勇者から制御権を奪ったアンデッドを使って、拠点の拡張《かくちょう》や仲間達の強化に精を出している。

その一環《いっかん》で、拠点の戦力増強《ぞうきょう》のために『エンチャント』というスキルを取得した。スキルポイントの必要値は３００と高かったものの、非常に便利なスキルだ。『エンチャント』を使うと、魔石に自分が取得しているスキルを定着させられる。その魔石を組み込んで武器や防具、装飾品《そうしょくひん》などを作れば装備《そうび》した者も魔石に定着されたスキルを使えるようになるのだ。ただし、定着させられるスキルのレベルは『エンチャント』のレベルと魔石の等級に左右される。

具体的に言えば『身体強化』ＬＶ５を魔石に定着する場合は、『エンチャント』ＬＶ５が必要。そして等級が五の魔石にはスキルはＬＶ５までしか付与《ふよ》できないといった具合だ。

ちなみに、等級は一から十まであって、数字が低いほど上位になる。

まぁ、魔石についてはいずれ良い魔石が見つかった時に更新していけばいいか。

さて、この『エンチャント』を俺の『スキルブック』と組み合わせると、非常に強力というか、便利になる。魔石に定着させるスキルを『スキルブック』で自由に選べるからだ。

スキルがエンチャントされたアイテムを装着すれば、誰でもそのスキルが使えるので、俺みたいに多数のスキルを使いこなせる奴を量産できないかと思ったが、それは上手《うま》くいかなかった。

どうやら色々と制限されているようで、エンチャントできないスキルも多数ある。『召喚』や『付与』等の必要値が高いスキルは軒並《のきな》みエンチャント不可だった。

また、各部位に一つずつしか効果が発動しないため、たとえば腕輪や指輪を一度に大量に身につけたとしても、多数のスキルを使えるわけではない。

とはいえ、これでみんなの装備を作れば、かなり拠点の戦力を強化できるはずだ。

プレゼントしたらみんな喜んでくれるだろう。そう考えていくつか作ってみたのだが……決定的な要素が欠けていた。

そう、俺のセンスだ。

最初に試作した腕輪はゴツゴツしていて、どう考えても女性がつけるデザインではなかった。

ゴブリンキングなる厳《いか》つい種族になったゴブ一朗《いちろう》であれば何も問題ないのだが、エレナ達年頃の女性にあげるには無骨《ぶこつ》すぎる。

本当はこう……女性がつけていて魅力《みりょく》が増すようなワンポイントの装飾品を作りたいのだけれど、俺が作るといかにも耐久性に優《すぐ》れたゴツいものになってしまう。何故《なぜ》だ……？

オシャレな見本でもあると助かるのだが、この拠点にはそんなものはないし、何より、なるべくサプライズでプレゼントしたい。

下手《へた》に弄《いじ》ると変なのができそうなので、女性用は金属を細く編《あ》み込み、魔石をワンポイントにするシンプルな腕輪で妥協《だきょう》することにした。

まぁ、装飾品作りはこれから練習していこう。


そんなわけで、俺は早速拠点のメンバーを呼んでプレゼントした。

微妙《びみょう》な出来に声が出ないのか、みんな腕輪にじっと見入《みい》っている。

何度か作り直したからそんなに見映《みば》えは悪くないはずなんだけどな……

狼獣人のマリアと虎獣人のリンには『索敵《さくてき》』と『身体強化』を。王都でお店の運営を頑《がん》張《ば》っている奴隷《どれい》のランカ達は『鑑定《かんてい》』や『錬金《れんきん》』など、商売に役立ちそうなスキルを宿した物を用意した。

もちろん、エレナにもプレゼントする。彼女は我《わ》が拠点で最初の人間だし、いつも俺の側《そば》で頑張ってくれている。記念の意味も含めて、簡素《かんそ》なネックレスをあげた。

エンチャントしたスキルは『魔力増大』だ。

「これを本当に頂いても良いのですか？」

エレナはかなり驚《おどろ》いている。

「ああ、そのために作った物だからな。これからもよろしく頼《たの》む」

「ありがとうございます。一生大事にします」

「そんなに手の込んだ物じゃないし、気に入らなかったらつけなくてもいいんだぞ？　いずれ凄《すご》い彫金《ちょうきん》をしたやつを作る予定だから期待しておいてくれ」

「いえ、これがいいんです……」

エレナが受け取ると、何故《なぜ》か周囲から歓声が湧《わ》いたが、みんなどうしたんだ？

試作品とはいえ好評だったようで、エレナ達はそれぞれ受け取った装飾品を大事そうに身につけて、お互いに見せ合って盛《も》り上がった。

＊＊＊＊

そんな落ち着いた日々も束《つか》の間、俺の心を乱す出来事が発生した。

戦争勝利の功労者として、王都に招待されることになったのだ。

レルド王子直々《じきじき》の招待だから断《ことわ》るわけにはいかない。

王様との面会と、その後で戦勝祝いの宴《うたげ》があるらしいが……できれば祝いの席は目立ちたくないから、こぢんまりとしたのを希望したい。恐らく無理だろうけど。

「なぁエレナ、本当にこの服じゃないと駄目《だめ》なのか？」

王都に向かう馬車に揺《ゆ》られながら、俺は改めて自分の服装を確認する。

「はい、これくらいの装飾がある服がちょうど良いと思います。大丈夫です、似合っていますよ」

今俺が身につけている礼服は、現在拠点で採《と》れる最高の素材から出来た糸で作られている。

いつもの服とは違って生地《きじ》の肌触《はだざわ》りは滑《なめ》らかで、とても高級感があるのだが、無駄《むだ》に装飾が多くて動きづらい。そして〝着せられている感〟が物凄《ものすご》いのも難点《なんてん》だ。

エレナは似合っていると言うけど、いつも言動が極端《きょくたん》なので信用できない。誰か俺を客《きゃっ》観的《かんてき》に評価してくれる人間はこの拠点にはいないのだろうか？

あまりの恥《は》ずかしさから、道中誰とも出会わないことを願い、俺は馬車の中で大きな溜《た》め息を吐いた。

「しかし、俺に比べてエレナはドレスが本当に良く似合っているな」

「ありがとうございます」

憂鬱《ゆううつ》な気持ちを誤魔化《ごまか》すように誉《ほ》めると、エレナは頬《ほお》を若干《じゃっかん》赤く染《そ》めながら頭を下げた。

目の前に座るエレナは、燃えるような赤を基調《きちょう》とした細身のドレスに身を包んでいる。

その横に座るマリアとリンも、それぞれの髪の色に合った青系と黄色系のドレスを身に纏《まと》っていて、こちらもとても可愛《かわい》らしい。

祝いの席で何人か連《つ》れてきてもいいとのことなので、三人とも今日は護衛《ごえい》ではなくパーティーのお供として俺に同行している。

ぶっちゃけ、目立ちたくない俺の隠《かく》れ蓑《みの》として綺麗所《きれいどころ》を連れてきた。

しかし、改めて見ると、エレナは本当に美人だな。召喚した当初はまだ幼さが残っていたが、レベルが上がり、強化するたびにどんどん美しくなっている気がする。このまま強化の上限までいったらどこまで綺麗になるのだろうか？　楽しみだな。

しばらく新たに作った装飾品のチェックなどをして時間を潰《つぶ》していると、エレナに声を掛けられた。

「ケンゴ様、あともう少しで王都に到着します」

「ああ、それじゃあ、降りる準備をしておくか」

俺は装飾品以外を仕舞いながら遠くに見える王都に視線を向けた。

＊＊＊＊

一度馬車を降りた俺達は、王都に入るための検問《けんもん》の列に並んでいた。

以前来た時は誰もいなかったのが信じられないほどの人の列ができている。

「凄い人だかりだな」

思わず呟《つぶや》いた俺に、エレナが応える。

「はい。周囲に王国が帝国を退《しりぞ》けたという情報が広まりつつあるらしく、多くの人が戦勝国である王国に集まっているようです。これから数日、戦没者《せんぼっしゃ》の追悼《ついとう》と戦勝祝いの祭りが行われるそうなので、今後さらに増えると思われます」

　ほうほう、そういうことか。

「それにしても、なんでお前達の礼服はそんなにスタイリッシュなんだ？」

　俺は振り返って王都に連れてきたメンバーの顔を見る。

　今回はエレナにマリアとリン、それに元黒の外套の幹部《かんぶ》で何かと対応力が高いジャック を連れてきた。さらに、先の戦争で俺達と戦ったSランク冒険者パーティーの一員であるリアムが一度王都を見てみたいと言い出したので、護衛のメルドを伴《ともな》って一緒に来ている。

　いつも目立ちたくない俺に代わって、隠れ蓑として脚光《きゃっこう》を浴《あ》びてもらっている元山賊の冒険者――モーテン達のパーティーとは王都の中で合流する手筈《てはず》だ。

　それから忘れちゃいけないのが、あのアホ勇者。王国に引き渡すために連れてきているが、隙《すき》あらば何かしようとするので、逃げ出さないように『土魔法』で作った手枷《てかせ》で拘束《こうそく》してある。

　改めてみんなの格好を見ると、俺の服だけが装飾過多《かた》な気がしてならない。女性陣のドレスはともかく、ジャックはスラリとシンプルな礼服で羨《うらや》ましい。

『隠密《おんみつ》』スキルのおかげで周囲の目は全《すべ》てエレナやジャック達に向いているから別にいいのだが、似合わないとわかっている服を着るのはかなり恥ずかしい。

「なあ、何故俺だけこんな目立つ服装なんだ？　もう少しどうにかなっただろ」

「主人であるケンゴ様が一番良い服装をするのは当然のことです。もしケンゴ様が通常通りの服装で出席されるのであれば、部下である私達はそれ以下の格好で参列しなければなりません。それに、服装はそれを着ている人の第一印象を決める大事な要素です。ケンゴ様は周囲には認められていませんが、既《すで》に私達の国の主《あるじ》なのです。相手に見下《みくだ》されぬよう、対等以上の服装で臨《のぞ》まねばなりません」

エレナがたんたんと理由を語った。

うーむ、そういうものなのだろうか？

国の代表者として振る舞ったことなんてないから、どうしたらいいか全然わからない。

拠点の外交関係を担《にな》う人物の採用を急いだ方がいいな。

「ご主人様、そろそろ替えの馬車に乗っていただけませんか？　ドレスアップした女性陣を衆目《しゅうもく》に晒し続けるのはあまり好ましくありません」

横からジャックに注意された。

「ジャックよ、俺にこれに乗れと言うのか？」

俺はすぐ後ろに停まっている馬車を振り返る。

そこには、さっきまで乗っていた普通の馬車ではなく、どこぞの貴族様のものかという雰囲気《ふんいき》のド派手《はで》な馬車があった。

見た目が豪勢《ごうせい》な上に車体は大きく、何故か少し輝いて見える。馬も俺が召喚したものな

のか奴隷紋《どれいもん》が入っており、レベルが上がっているらしく、妙に猛々《たけだけ》しい。

拠点でひっそり暮《く》らしたい俺からすれば、遠慮《えんりょ》したい乗り物ナンバーワンである。

「なぁ、もう少し目立たない馬車はなかったのか？　幌馬車《ほろばしゃ》で十分なんだが……」

「駄目です。ご主人様はこの国の王に賓客《ひんきゃく》として招待されています。周囲の目もあります し、王城に入るのにもそれなりの用意は必要です。さぁ、ご主人様が乗らないとエレナさん達も乗れませんよ。それとも、ご主人様は彼女達を王城まで歩かせるおつもりですか？」

「ぐっ……そう言われると乗らないわけにはいかないか……」

この世界のルールを知らない俺からしてみれば、ジャック達の言葉を尊重《そんちょう》しなければならないとわかっているのだが、どうも目立つようなことは気が引ける。

最初はただ人間と話がしたくて王国を目指していたはずなのに、なんで王様と話す羽目《はめ》になるんだ。

ブツブツ文句を言いながらも、俺はジャックが用意した馬車に乗り込んだ
馬車が目立つおかげか、守衛《しゅえい》にも怪《あや》しまれず、すんなり王都に入れた。

あとはモーテンを拾って王城に向かうだけなんだが、先ほどから馬車の中の空気が重い。

その理由は……

「なぁ、俺はいつまでこんな扱《あつか》いを受けるんだ？　勇者だぞ？　そこら辺のモブと勘違《かんちが》いしてないか？」

王都の街並みを見た途端《とたん》に不平を漏《も》らしはじめた勇者に、エレナが冷たく言い放つ。

「いい加減、黙《だま》っていてもらえませんか？」

「ならさっさとこの手枷を外《はず》せよ。これ異様に重てぇから疲れるんだよ。なぁ、あんたからも言ってくれないか？」

勇者はエレナが取り合ってくれないとわかると、隣《となり》に座るジャックに話しかける。

こいつ、自分の状況を理解しているのか？　最初と態度が全然変わらない。

「それは無理です。一応あなたは捕虜《ほりょ》という立場ですからね。これから王国に引き渡すので、そこで待遇《たいぐう》改善を要求してください」

まぁ、無理だとは思うが。

「ちっ、面倒臭《めんどくせ》えな」

勇者は舌打ちすると、今度は俺に矛先《ほこさき》を向けてきた。

「そういえば、他の勇者についてあれこれ聞いてきたが、あんたはこれからどうするんだ？　日本に帰るのか？　あんたが魔王なら、あんた自身が死なない限り日本に帰るのは無理だろ」

勇者はどういうわけか、俺を魔王だと認識している。

「以前話した通り、私は日本で死んでいるので戻れませんよ。それに、私が死ないと戻れないとはどういう意味ですか？」

「そういえば前にそんなこと言ってたな。てか、どういう意味も何も、ラスボスを倒さないとクリアして元の世界に戻れないのは常識だろうが。皇帝もそう言ってたし、間違いねえよ」

俺は勇者召喚については詳《くわ》しく知らないが、誰かを殺したら元に戻るとか、ゲームではないのだから、その皇帝の勘違いじゃないのか？

とはいえ、一度元の世界に帰ったあと、再びこの世界に戻ってきた奴なんていないだろうし、実際どうなのか確認する術《すべ》はない。

エレナ達も初めて聞く内容らしく、みんな驚いた顔をしている。

「ケンゴ様は一度死んだことがあるのですか？」

しばし馬車に揺られていると、突然エレナがそんなことを聞いてきた。

「ん？　ああ、話していなかったかもしれないけど、俺はこの世界に来る前に一度死んでいる。それがどうかしたのか？」

まさか、さっきみんなが驚いていたのは、勇者の話じゃなくてそっちなのか？

「いえ、ケンゴ様が一度でも死んだというのが信じられなくて……」

おいおい、俺をなんだと思っているんだ。

「俺もみんなと変わらないからな、人間死ぬ時は死ぬさ。それで村上君、その日本に戻れるという話には何か根拠《こんきょ》があるんですか？」

「いや、そんなもんはねぇよ。俺達はとりあえずその話を信じるしか選択肢がないから帝国にいるだけだ」

ふむ、やはり根拠は何もないみたいだな。

「では、他に日本に戻れる選択肢があれば、勇者の皆さんは帝国から離《はな》れる可能性があるというのですか？」

「その選択肢とやらが帝国を離れないといけないものならな。俺達は今、帝国では歓迎されてるし、余程のデメリットがない限り、離れないだろ」

まぁ、そうだよな。とりあえず、俺達に実害がないなら、勇者やら魔王やらは国同士の話し合いでなんとかしてもらおう。

いずれ帝国に足を運《はこ》ぶ機会があったら、他の勇者に会ってみるのもいいかもしれない。

「それで、俺はこれからどうなるんだ？」

「先ほども言いましたが、王国に引き渡します。後は王国との交渉《こうしょう》次第ですね。ですが、あなたがしたことを考えると、あまり穏便《おんびん》には済まないと思った方がいいですよ」

勇者は事態の深刻《しんこく》さをまるでわかっていないらしく、不機嫌そうに毒づく。

「ちっ、かったるいイベントだな。なぁ、聞こうと思っていたんだが、あんた俺に何かしただろ？」

「何かとは？」

「俺のステータスからスキルが消えてるんだよ。アンデッドも俺の言うことを聞かねぇし、まさかあんたのスキルは強奪《ごうだつ》系か？」

「いえ、違いますよ。そこの虎型の獣人の子のスキルです。村上君は自分のステータスがわかるんですか？」

この世界の住人は魔道具を介《かい》さないとステータスがわからない。しかもレベルの表示がない不完全な情報しか得られない。

しかし、俺を含めてどうやら転移者は自分のステータスが確認できるようだ。

「わかるも何も、俺達は自分のステータスはいつでも確認できるぞ。あんたは違うのか？」

「いえいえ、私も自分のステータスに関しては見ることができますよ」

「そこら辺は俺達と一緒か。だけど俺達と違って、なんであんたはそんなに強いんだ？転移した時期はほとんど同じなんだよな？　魔王は初期からステータスが良いのか？」

だから、誰が魔王だ。俺が魔王だという前提で話をするのはやめてほしい。

「私も初めはかなり弱かったですよ。魔物を一匹倒すのにもずいぶん苦労しました」

「なら、その急成長が魔王の特性か。『経験値倍化』か『熟達《じゅくたつ》』系の恩恵《おんけい》があるんだろ。ちっ、このチートが」

「いや、そんなものは持っていませんよ」

『スキルブック』のおかげで、スキルポイントさえあればどんなスキルでも最大レベルまで一瞬で取得できるけど。とはいえ、地道に魔石を稼《かせ》ぐ必要はあるから、万能ってわけじゃない。

「ご主人様、もうすぐモーテンとの合流場所に着きます」

しばらく勇者の相手をしていると、ジャックが声を掛けてきた。

モーテン達のパーティーには王女救出の手柄《てがら》を肩代わりしてもらったり、王都復興のために冒険者ギルドが出した依頼の対応をしてもらったり、このところかなり負担《ふたん》を掛けている。怒っていないか少し不安だ。彼らは俺の隠れ蓑としてよく働いてくれているし、いずれ何かしらのお礼をしないといけないな。

俺がモーテンの待遇について考えている間に目的地に着いたのか、馬車が停止した。

だが何か外の様子がおかしい。

馬車の窓から覗《のぞ》き込んで確認すると……外には人が溢《あふ》れかえっていた。

戦争で疎開《そかい》していた人が王都に戻ってきて活気が出てきているのは知っていたが、目の前の光景はそれどころじゃなかった。

モーテン達と待ち合わせている広場は、集まった人で身動きがほとんど取れないくらいだ。

「おい、こっちに英雄モーテンがいるって本当か？」

「ああ、今回の戦争でも大活躍《だいかつやく》だったらしいぜ？　しかもその前は姫様を二人も救いだしたらしいし、英雄って現実にいるんだな」

「あんた達、全然わかってないね！　モーテンさんが本当に凄いのは見返りを求めないところだよ！　姫様を救った褒美《ほうび》も辞退《じたい》されたらしいし、辺境《へんきょう》の街アルカライムではお金がなくて依頼が出せない人達を助けて回っていたらしいよ！」

「モーテンさん！　見てください！　モーテンさんに憧《あこが》れて同じ場所に紋様《もんよう》を入れてみたんです！」

「モーテンさん握手《あくしゅ》してください！」

周辺に飛び交う声に耳を傾《かたむ》けてみると、全てモーテンの話題だった。

さすがの人気《にんき》っぷりだな。話に少し尾ひれがついている感じがするが、みんなそれを信じているようだ。

広場ではモーテン達が人々に埋《う》もれて揉《も》みくちゃにされている。これ、俺達と合流できるのだろうか？

「すみません！　道を開けてください！　私達はあの馬車に乗らないといけないんです！」

「これから王城に行かないといけないんだ、頼むからどいてくれ」

モーテンと仲間が声を張り上げて人混みを掻《か》き分《わ》けるが、近くの人間しか聞こえていないのか、次から次へと人が押しかけてなかなか進めない。これが波状《はじょう》攻撃というものか……

「おい！　聞いたか？　モーテンさん達は王城に行くらしいな！」

「戦勝の式典に呼ばれているんじゃないか？」

「それに見てみろ！　モーテンさん達が乗るって言ってた馬車、そんじょそこらの貴族様でも乗れないような豪勢な馬車だぞ！　さすが英雄は違うな！」

その新たな情報が周囲の人間をさらにヒートアップさせる。

あぁ、これは時間がかかるな。遅刻《ちこく》しなければいいが……

俺は窓の外で一生懸命奮闘《いっしょうけんめいふんとう》しているモーテン達に同情しながら、長期戦を覚悟した。

＊＊＊＊

あの後、俺達はなんとか無事にモーテンのパーティーと合流し、王城に向かった。

今は控《ひか》え室で待機しているところだ。

馬車に乗り込んだモーテン達の疲労感はもの凄く、これから式典に参加できるのか心配になるほどだ。あの人数に揉みくちゃにされたのだから当然だが、モーテンの話を聞くと、彼らが王都を歩けば連日あの調子らしい。他にも、冒険者ギルドではこのところ俺が教えたレベルについての概念《がいねん》が普及《ふきゅう》しつつあり、それを鑑定可能なスキルを持つ彼らは引っ張りだこなのだそうだ。

そういえばモーテン達は元山賊の下っ端《したっぱ》だったのだが、多くの人と関わっているせいか、最近は言葉使いが柔《やわ》らかくなったし、人との接し方も上手くなっている気がする。

苦情や悪い噂《うわさ》は一切聞いたことがない。

冒険者ランクもB級に上がったらしいし、今後彼らがどこまで行くのかが少し楽しみだ。

控え室に案内されて三十分も経たないうちに、迎《むか》えが来た。

「お待たせいたしました。陛下の準備が整いましたので、謁見《えっけん》の間《ま》へご案内いたします」

準備の早さに驚きながらも席を立ち、案内する使用人について行く。

俺は歩きながら周囲を観察する。改めて見てもこの王城の造《つく》りはしっかりしているな。華美《かび》な装飾はなく、意外と簡素な内装だが、重厚感《じゅうこうかん》がある。かなり年季が入っているのに破損《はそん》や補修《ほしゅう》の跡《あと》が全然見当たらない。何か特別な方法で維持しているなら、拠点整備《せいび》の参考になりそうだし、ぜひ教えてほしい。

「城の内装に興味がおありですか？　この城は数千年前から存在していて、歴史的観点からも非常に重要な建造物です。一度魔王に壊《こわ》された時に復元されて以来、ずっとこの状態を維持しており、定期的な修繕《しゅうぜん》や、状態保存は魔法で行っております」

俺があまりにキョロキョロしていたせいか、前を歩く使用人が気を利《き》かせて説明してくれた。

ありがたいのだが、そんなにあからさまだったのかと思うと、少し恥ずかしい。

「あそこに見える庭園は、遥《はる》か昔に召喚された勇者様が設計されたものですよ」

この使用人、余程王城に愛着があるのか、誇《ほこ》らしげな顔で細かい所まで色々教えてくれた。

王城の書庫や過去の勇者が作った物などが展示されている宝物庫などもあるらしく、興味をそそられる。立ち入りには許可が必要だそうなので入れなかったが、できれば、このままガイド付きで王城をくまなく見て回りたい。

使用人の話を聞いていると、あっという間に謁見の間に着いてしまった。

心の準備ができる前に、目の前の大きな扉が開かれる。

俺は意識を戻し、ジャック達に倣《なら》って姿勢を正《ただ》す。

扉から奥までは赤い絨毯《じゅうたん》が一直線に続き、その両サイドに護衛の兵士や貴族と思《おぼ》しき者が並んでいる。そして、謁見の間の奥には豪勢な椅子《いす》が鎮座《ちんざ》していて、その両脇にレルドやクリスらの王族が立っていた。間違いなく、真ん中の椅子に座っている男性がこの国の王様だろう。

俺達は使用人に促《うなが》され、謁見の間に入室した。

さて、どうしようか。

予想より遥かに人が多い。俺の顔を見たって何も面白《おもしろ》くないと思うのだが……

しばらく固まっていると、使用人が小声で指示してくれた。

「どうぞ、陛下の御前《ごぜん》にお進みください」

おっと、そうだった。このままじっとしていても注目を集めるだけだしな。

正直《しょうじき》、作法《さほう》がわからないから助かる。

俺は言われた通りゆっくり歩き、前方の椅子に座る男性に目を向ける。

年齢は五十代くらいだろうか、顔に深く刻《きざ》まれた皺《しわ》から少し疲れているように見えるが、目の奥に宿る光には力が籠《こも》っていて、覇気《はき》みたいなものが感じられる。

やはり一国の主というだけはあって、俺とはえらい違いだ。

「そこでお止まりください」

まだ王様までは十メートルくらい離れているが、そこでストップを掛けられた。

安全対策だとは思うが、こんなに距離《きょり》があると、かなり声を張らないと聞き取り辛《づら》そうだな。

確かこういう貴人との謁見の時は、あまりじろじろ見ない方がいいんだっけな。

俺はジャック達の所作《しょさ》を横目で窺《うかが》いながら、見よう見まねで跪《ひざまず》く。

「客人よ、よく来てくれた。レルドから話は聞いている。まずは自己紹介といこうか。私の名はグライブ・カートルド・ディーゼ・エスネアート。このエスネアート王国の王だ。貴殿《きでん》の名は？」

クリスもそうだったが、相変《あいか》わらず王族は名前が長いな。これ、絶対に覚えさせるつもりないだろ。

間違えたら不敬罪《ふけいざい》にされないか不安になる。

「私の名はサトウケンゴと申します。現在どこの国にも所属しておらず、大森林で拠点を築き、その代表をしています。何ぶん礼儀《れいぎ》に疎《うと》いもので、無礼《ぶれい》な物言いがあるかもしれませんが、お許しいただけると助かります」

俺が返事をすると、先ほどまで静まり返っていた謁見の間にざわめきが広がる。

早速何か失礼なことを言ったか？

「それについては構わん。気にせず、いつも通りにしてくれ。それにしても、レルドの言う通り話しかけたら本当に突然現れたな。何かタネがあるのか？」

なるほど、どうやら『隠密』のせいで俺の姿を認識できていなかったらしい。それが、返事をした時に急に出てきたように見えて、ざわついていたのか。

拠点のみんなは普通に対応するから、こういう反応をされるとびっくりする。

「タネはないですよ。どちらかと言うと体質ですかね。私は生まれつき影が薄いんです」

「そうか。大森林の者は森に紛《まぎ》れるのが得意と聞くが、森がなくとも気配を殺せるとは珍《めずら》しい。まぁ、雑談はこれくらいにしておこう。先に伝えるべきことがあるからな」

「伝えるべきこと、ですか？」

「先の戦での貴殿の助力、まことに感謝している。貴殿のおかげで大勢の民が無事に今日を迎えることができた。ここに王国を代表して貴殿に感謝の言葉を贈《おく》る」

そう言って、王様は少しだけ頭を下げた。

しかし、参列している貴族達はこれが気に入らなかったらしく、王の行為を諫《いさ》める。

「陛下！　頭をお上げください！　王が軽々しく頭を下げては周囲に示しがつきません！」

「このような素性《すじょう》の知れぬ者に頭を下げる必要などありませんぞ」

謁見の礼儀や作法がわからないから普段通りに対応したのがまずかったのだろうか？

王様も構わないって言ってたし、俺が何かやらかしそうな時は大抵ジャックかエレナが口を出してくるから、何も言われないなら問題ないのだと思っていたぞ。

「静まれ！　私は誰もが見捨てた我が国に救いの手を差し伸《の》べてくれた恩人に礼を伝えただけだ。そのどこに問題があるのか？」

王の一喝《いっかつ》を受け、不平を口にしていた者達が縮《ちぢ》こまる。

「いえ、問題と言うわけでは……しかし、この者の邪悪《じゃあく》な気配は……」

「私は王である以前に、純粋《じゅんすい》にエスネアート王国の一員だ。国を救われたことに比べれば、私が頭を下げるくらい取るに足《た》りん。貴殿達の領地も、もしかしたら帝国のものになっていたかもしれぬのだぞ？　それでも頭を下げるべきでないと言うのか？　もう一度どういう状況か考えろ」

「はい……」

「……すまない、待たせてしまったな」

改めて、王様がこちらに謝罪《しゃざい》した。

全然待っていないし、むしろ俺のせいで揉めたのなら、少し申し訳ないくらいだ。

「それで、貴殿の功績《こうせき》に対して褒美を与えたいのだが、その前に一つ確認しておきたいことがある。構わないか？」

確認しておきたいこと？　なんだろうか？

「ええ、構いませんよ」

「貴殿は何故助力の対価に我が娘の身を欲したのだ？」

ぐっ、まさか今この場でそれを聞かれるとは……

なんて答えよう……困ったな。

そもそも王女に悪魔のような提案を持ちかけたのはエレナだし、王女の身柄を要求したのも拠点（俺以外）の総意だったはずだ。俺はただ政治や外交に長《た》けた人材が欲しいと思っていただけなんだけどな。

恐らく、さっき周囲の者達の当たりがきつかったのは、俺みたいなよそ者が、若くて綺麗な王女を毒牙《どくが》に掛けようとしているように見えているからだろう。

俺は慌《あわ》てて念話でエレナに確認する。

（おい⁉　どうするんだ、この状況？　返答次第ではまずいんじゃないか？）

（そうですか？　こちらは相手の出した要求に相応の報酬《ほうしゅう》として王女の身柄を求め、王女本人もその条件を呑《の》んで約束を交わしました。何も問題ないと思いますよ？）

（だが相手は一国の王女だぞ？）

（それでも、です。王女だからという理由で後になって約束を反故《ほご》にするようでしたら、この国は信用なりません。そのままお話しください）

ふむ、そういうものなのだろうか？　王様にしたら王女は自分の娘なわけだし、大事にするのももっともだと思うのだが……。

とりあえず、俺はエレナに従《したが》って包み隠さず状況を説明する。

「素直に申しますと、私達の拠点では外交や政治に詳しい人材が乏《とぼ》しいのです。クリスティーナ様がその方面で優れた能力をお持ちのように感じたので、戦争への助力の引き換えに、我が拠点に加わっていただけないかとお願いした次第です」

「ふむ、貴殿の言う通りならば、能力さえ持ち合わせていればクリス以外でも構わないように聞こえるが？」

（エレナ、どうなんだ？）

（能力だけを見るのであれば、他の者で問題ありません。ですが、私は彼女をこの目で見て判断した上で拠点のゴブ一朗先輩達に推薦《すいせん》いたしました。現状、第三王女以上の能力を持つ者が現れない限り、彼女を要求するのが一番だと思います。不必要に下手《したて》に出ると、今後の関係にも響《ひび》きますので、毅然《きぜん》とした態度で臨むべきかと）

うーむ、俺は第三王女じゃなくても一向に構わないのだが、エレナがずいぶんと推《お》してくる。

何かあるのだろうか？

とりあえず、話を進めようか。

「確かに、能力的には他に優秀《ゆうしゅう》な者がいればその人でも構いません。ただ、私達は第三王女の願いを聞いて今回の戦争に参加しました。王族が簡単に約束を反故にするような国と友好的な関係を築くのは難《むずか》しいですね」

「……すまない、気分を害したのであれば謝罪しよう。今回の貴殿の働きに報《むく》いるためにも、娘《むすめ》が結んだ契約は間違いなく履行《りこう》する。ただ、何故娘が求められたのか気になってな。ちゃんとした理由があるのであれば問題は――」

「いけません、陛下‼　もう一度お考え直しください‼」

王様の言葉を遮《さえぎ》って、広間に若い男の声が響き渡った。

見ると、貴族側《がわ》の列に並んだ一人の男性が声を上げていた。

「陛下‼　どこの馬の骨ともわからぬ男にクリス様を引き渡すなど、おやめください‼　奴の顔をご覧《らん》ください‼　一見すると平凡ながら、目つきは普通じゃありません‼　間違いなく何か企《たくら》んでいる、妖《あや》しい目です。邪《よこしま》な考えでクリス様の身柄を得ようとしているに違いありません‼」

おいおい、突然こいつは何を言い出すんだ？

平凡な顔は否定しないが、目つきをとやかく言われたのは初めてだ。ショックが大きい。

しかし、俺が何か企むだって？　むしろ何も考えずとりあえず行動することが多くて、みんなに迷惑《めいわく》を掛けているくらいだぞ。そんな立派な頭があるなら、俺は何度もエレナに怒られない。

口を挟《はさ》んだ男を見て、王様が目を細める。

「口を閉じろ。貴様は確かクレート伯爵《はくしゃく》の息子だったな。王の決定に意見するとは何事だ。その上、この国の恩人を侮辱《ぶじょく》するなど……処分される覚悟があっての物言いだろうな？」

「し、しかし‼」

「貴様は王国が窮《きゅう》地《ち》に追い込まれていた時に何をしていた？　この者は確かに娘を要求した。しかし、戦場でその力を示し、我が国を勝利に導いたではないか。さらに、二度にわたってクリスの救出をなしたのもこの者だ。これだけの功績を、貴様は目つき顔つきだけで否定するのか？」

「いえ、私はそのようなつもりでは……」

「こうして面と向かって話をしても特に害意は感じられないし、レルドからの報告も問題ないと聞いている。であれば、娘を渡すのに何の問題がある？」

「ですがクリス様のお気持ちは……」

「これは娘が自《みずか》ら望んで結んだ契約だ。納得も覚悟もしている。むしろ、もしかしたら娘はこれから王国よりも安全な場所に行くことになるのかもしれないのだぞ。もう一度聞く、何が問題だ？」

「いえ、何も問題はありません……申し訳ありませんでした」

そう言うと、男はこちらを睨《にら》みながら列に戻っていった。

ずいぶん食い下がったが、第三王女と関係のある人物なのだろうか？

「すまなかったな。気を悪くしないでほしい」

王様は一つ溜め息をついて、再び俺に謝罪した。

「いえ、当然のご懸念《けねん》かと」

「娘の件とは別に、今回の貴殿の行いに対して褒賞《ほうしょう》を出そうと考えているのだが、何か望む物はあるか？」

褒賞か、突然そんなことを言われても急には出てこないぞ。

レルドもそうだし、ここの王族は何かと褒賞をくれる気がするな。これが上に立つ者の行動としては普通なのだろうか？

だったとしたらやばいぞ……うちの拠点では俺はみんなを無償《むしょう》で働かせ続けている。

どこぞのブラック企業も真《ま》っ青《さお》だ。これは早急に何か考えないとな。

（王様が褒賞をくれるらしいが、何か欲しい物はあるか？）

俺の質問に対して、すぐにジャックから返事があった。

（いえ、ケンゴ様が望む物を要求するのがよろしいかと思います）

（それが思い浮かばないんだよ。貸しにすると面倒臭そうだし、何か適当なものはないか？）

（ではいくつか。ご主人様の拠点の認知と対等で友好的な関係、王都にランカさん達が店を出すための土地と建物、拠点で流通していない作物や資材の調達優遇《ゆうぐう》。この辺りが無難《ぶなん》かと思います）

（多くない？）

（ご主人様は国を滅亡《めつぼう》の危機から救ったのです。問題ないかと）

そういうものなのだろうか？　調子に乗って複数お礼を要求したら印象が良くないイメージがあるのだが……

俺がしばし逡巡《しゅんじゅん》していると、リアムが念話に入ってきた。

（ケンゴ様！　私もお願いしてもいいのかな？）

（ん？　リアムか。何か欲しい物があるなら全然構わないぞ、遠慮せずに言ってみろ）

（だったら、あの王様が座ってる椅子のもっと下の方に埋まってる魔石が欲しい）

（魔石？　何か反応があったのか？）

（うん、このお城に入ってからずっと〝帰りたい〟って声が聞こえてる。この子、普通の子より声が大きいから、どうしても気になるんだ）

俺にはさっぱり聞こえなかったが、リアムには魔石の声を聞く能力があるので、気になるのだろう。

（そうか。だったら試《ため》しに言ってみるか。帰りたい場所があるなら、帰してやりたいしな）

（うん！　ケンゴ様ありがとう！）

（いやいや、まだどうなるかわからないぞ？　ところで、その魔石が帰る場所ってのは、ここから近いのか？）

（うーん、私もわからないんだけど、チキュウって所みたい）

（チキュウって……地球か⁉　おいおいどういうことだ？）

まさかこのタイミングで地球というワードを聞くなんて……

俺は王様の椅子の下を探《さぐ》るように視線を向ける。

（リアム、本当にその魔石は地球に帰りたいって言っていたのか？）

（うん、この子は地球に帰りたいとしか言わないから、間違いないよ）

この城に地球出身者の魔石があるとは思わなかった。しかも、何故か王様が座っている椅子の下とか、変な場所に埋まっているし。

　神様の話では数千年に一度地球人をこちらに送っていると言っていたから、その魔石は前回の転移者の物かもしれない。考えても仕方ないので、とりあえず王様に聞いてみるか。

「その褒賞は、なんでもいいのですか？」

「ああ、私にできる限り応えると約束しよう。遠慮せずに言ってほしい」

「では、四つお願いしたいことがあります。まず、私の拠点と王国との間で対等で友好的な関係を築けるよう、私の拠点を認知していただきたいです。次に、王都で私共が作った品物を売る商店を出すための土地と建物を用意していただけますでしょうか。また、いくつかの作物や資材等、物質の取引の優遇を。最後に、可能なら一つ融通《ゆうずう》していただきたい魔石があります」

「ふむ……大方問題はないが、質問しても構わないか？」

「ええ、どうぞ」

「貴殿の勢力と友好関係を結ぶのは問題ない。しかし、こちらが存在を確認していない拠点をすぐに認知するのは難しい。後日、監査官《かんさかん》を派遣《はけん》して内情を確認させてほしい」

「ええ、その程度であれば問題ありません」

「次に、貴殿らが作る品物を王都で売りたいとのことだが、それはどのような種類の物だ？　物によっては規制を掛けねばならぬからな」

「基本的には魔道具関連と、糸や蜂蜜《はちみつ》などの拠点で生産した素材、食料ですね。お土産《みやげ》としてその魔道具を持ってきたので、使ってみてください」

俺は懐《ふところ》から一つの腕輪を出した。

「それは？」

「これは『鑑定の腕輪』です。冒険者ギルドなどにもステータスが確認できる魔道具がありましたが、それよりもさらに詳しい情報や、レベルが見えるようにしました。腕に嵌《は》めるだけなので、ギルドが運用している水晶よりも持ち運びやすいでしょう」

「ほう……レルド、すまんが、早速試してもらえないか？」

王様に言われて取りに来たレルドに、腕輪を渡す。

「ケンゴの言う通りのハイスペックな物であれば、何かしらの代償《だいしょう》がありそうなものだが……呪われていたりしないだろうな？」

レルドは警戒《けいかい》しながらも腕輪を身につける。

だいたい、呪われた物をお土産に持ってくるわけないだろ。

「おお、確かにステータスが見えるが……おい、この魔道具は壊れていないか？」

レルドは俺の方を見ながら首を傾《かし》げている。

ちゃんと動作確認したし、壊れているはずはないのだが……

「何か問題がありましたか？」

「ケンゴのステータスを見たのだが、表示されている名前や種族、説明などがデタラメだ」

「デタラメ？　ああ、それは私のスキルのせいですね。他の者を鑑定してみてください」

恐らく『偽装《ぎそう》』の効果だろう。俺の『偽装』はＬＶ１０あるから、それ以下のレベルの『鑑定』では正しくステータスが表示されない。

レルドは素直に周囲にいる別の者を鑑定しはじめる。

てっきり俺のスキルについて突《つ》っ込《こ》まれるかと思ったが、何も言われなかった。確かこの世界は相手のスキルを聞くのはマナー的に好ましくないんだったな。『偽装』は説明し辛いから助かった。

「確かに、これは凄いな。人のスキルやステータスだけでなく、物の状態や説明まで見られるのか」

「ええ。たとえば、食料に毒が混入した場合でも一目でわかりますよ」

「それが本当なら、この魔道具はかなり有用だな。陛下もぜひお試しください」

そう言うと、レルドは玉座《ぎょくざ》に近づいて王様に腕輪を手渡した。

「おお、確かにこれは凄いな！　しかし、この皆に表示されるレベルという数値はなんだ？　ステータスとは何が違うのだ？」

王様にも気に入ってもらえたようだが、彼もレベルという概念は知らなかったらしい。

「それは強さの基準《きじゅん》と思ってもらえればいいでしょう。肉体のレベルが上がるとステータスが向上しますし、スキルレベルが上がると効果が向上します。鍛《きた》えれば数値も上昇していきますので、自分が強くなっていくのが客観的にわかって便利ですよ」

「それが本当なら、凄い発見だぞ。貴殿はこれほどの物を市場に流すのか？」

「いえ、売るのはもう少し効果を抑《おさ》えた物にする予定です。ああ、もちろんレベルは測《はか》れますよ」

「ふむ、なら問題はないか。その魔道具の販売を開始次第、私達が優先的に購入《こうにゅう》することは可能か？」

「ええ、そのように手配しましょう」

「では、早急に土地と建物を見繕《みつくろ》おう。この魔道具はきっと王国を変えるぞ。次に資材や物資については、大臣と話してもらおう。こちらにも用意できる物とできない物があるからな」

「こちらも、部下のジャックから後で詳しく伝えさせます。希少《きしょう》な物や高価な物などを大量に要求するつもりはないので、安心してください」

「よかろう。最後に魔石か。いったいどのような魔石が欲しいのだ？　この城にある最上級の魔石といえば、昔勇者が討伐《とうばつ》した風竜の物だな。それのことか？」

「いえ、違うと思います。私も素性は詳しくはわからないのですが、グライブ陛下が座っている椅子の下に魔石が埋まっているようなのです。それに興味が――」

と、俺が言いかけたところで、王様の顔色が変わった。

即座にレルドが周囲にいた兵士を展開させる。

「全員‼　その者を陛下に近づけるな‼」

全員抜剣《ばっけん》し、俺に厳《きび》しい目を向けてくる。貴族の中にも剣に手を掛けたり、魔法を詠唱《えいしょう》したりする者がいる。

突然どうしたんだ？　ついさっきまで和《なご》やかなムードだったのに。

ひとまず俺は害意がないことをアピールするために両手を上げて王様の方を見る。

先ほどまでの友好的な表情は消え失《う》せ、露骨《ろこつ》にこちらを探るような視線に変わっていた。

「貴殿はどこでその話を聞いた？」

「話？　なんのですか？」

「魔石の話だ。先ほど言っただろう？　封印《ふういん》したばかりの魔王の魔石片が欲しいと。この王城内でもどこに封印したかは一部の者しか知らない極秘《ごくひ》事項だ。もう一度尋《たず》ねる。貴殿はいったいどこでその話を聞いた？」

魔王の魔石片？　俺はただ地球出身者の魔石だから、王様に譲《ゆず》ってくれないか聞いただけなのだが……まさかそれが魔王の魔石だとは。本当は勇者の魔石の間違いじゃないのか？

とりあえず、誤解《ごかい》を解《と》くために説得してみよう。

「どこで聞いたのかと言われても、誰にも聞いていないとしか答えられません」

俺は今にも剣を抜き放ちそうなエレナとメルドを手で制止しながら、王様の質問に答えた。

「この魔石片は帝国の動きに備《そな》えて先日封印したばかりだ。一般に情報公開しているのは別の場所なのに、どうしてわかったというのだ。返答次第では、いかに我が国の恩人といえども拘束せざるをえない」

「そもそも、私はその魔石が魔王の物だとは知らなかったんですよ。たまたま私のスキルで感知したので、聞いてみただけです」

「本当か？　先ほども言ったが、この城には他に強力な風竜の魔石もある。貴殿の感知に引っかかり、要求した魔石が風竜ではなく魔王の魔石片だというのは、少し都合が良くないか？」

確かに、不自然でこじつけっぽいが、ここでリアムの能力を明かすと彼女に危険が及《およ》ぶ可能性があるから、なるべく伏《ふ》せておきたい。

それに、魔石の声を聞いたなんて言ったら話が余計にややこしくなりそうだ。俺がスキルで見つけた体《てい》でいこう。

「私のスキルで判明したのは、それが魔王の魔石ということではなく、勇者と故郷を同じくする者の魔石だということです。私がその魔石に興味を抱《いだ》いた理由もそこにあります。ただ、先ほどの要求に関しても、そちらに都合が悪いのであれば、無理に欲しいとは言いません」

勇者の故郷の件が衝撃《しょうげき》的だったのか、一気に潮目《しおめ》が変わった。

「勇者と故郷を同じくする者の魔石だと……？　そのような事実は過去の文献《ぶんけん》や伝承《でんしょう》にもないぞ？　本当なのか？」

「詳しくはわからないのですが、同じ反応ですので、恐らく間違いありませんよ。その魔石の主は、過去に地球という所から来たようです」

「そうか。一応道理は通っているな。まあ、貴殿ほどの実力者が本気でこの魔石片を狙《ねら》っているなら、わざわざこちらに知らせず強奪した方が早いだろう。皆の者、警戒は不要だ。剣を納めよ」

王様がそう言うと、兵士達は全員警戒を解《と》いて列に戻っていった。

ふぅ、少し焦《あせ》ったな。まさかリアムが言った魔石が魔王の魔石だったとは……

何しろ、この魔石は帝国と王国の戦争の原因だ。せっかく築きかけていた信用が失墜《しっつい》するところだった。

本当に『神の幸運』スキルは良い働きをするよ……

「しかし、魔王と勇者が同郷とは……にわかに信じられんな」

王様は事実を受け入れられないらしく、険《けわ》しい表情で呟いた。

「ちょうど引き渡しのために勇者を連れてきたので、確認してみてはいかがですか？」

「おお、それがいい。勇者を我が前に」

王様の言葉に従って、後ろで待機していたマリアとリンが勇者を俺の隣に引っ張ってきた。

王様は勇者を値踏《ねぶ》みするようにじっくり見る。

「ふむ……その者は本当に勇者なのか？　帝国は勇者を召喚した事実は公表しているが、勇者の素顔は他国に一切公表していない。確認する術がなければ、信用はできんぞ？」

「ああ、大丈夫です。グライブ陛下がつけている『鑑定の腕輪』でご覧ください」

早速勇者を鑑定しているのか、王様の視線が空中を行ったり来たりしている。

こちらからはステータス表は見えないので、一歩間違えるとただの挙動不審《きょどうふしん》な奴だ。

「確かに、職業が勇者になっているな。だが、何故拘束しているのだ？」

「逃げ出すからですよ。この勇者が何をしたか、聞いていますか？」

「レルドから聞いている。帝国が戦を仕掛けてきた理由は、その勇者が扇動《せんどう》したからだそうだな？」

「ええ、その通りで――」

と、俺が答えようとしたところを遮って、村上君が声を上げた。

「俺はやってねーよ！　帝国がついてきてくれって言うから、嫌々《いやいや》同行しただけだ。無実もいいところだぜ」

こいつ……この前はあっさり認めたくせに、いよいよヤバいと自覚して保身に走ったな。全て帝国のせいにし出した。

こんな奴が世界を救う勇者だなんて、本当に笑える。

「それは本当か？」

「ああ、間違いねーよ。なんでも、王国は魔王を擁護《ようご》したんだってな？　だから攻《せ》め込んだって聞いたぞ」

「我が国が魔王を擁護した事実は存在しない。しかしレルドの報告にあった内容と、勇者殿の主張は一致《いっち》しないが……？」

そう言って、王様は俺を見た。

「その件については、何も言うことはありません。一応、ステータスに勇者と表示されているので殺さずに連れてきましたが、引き渡した後の処遇《しょぐう》は私のあずかり知るところではありませんので。今回の戦《いくさ》で被害を受けたのは王国ですから、そちらが判断すればよろしいかと。ただ、虐殺《ぎゃくさつ》された王国民のことを考えると、扇動者を野放しにするのはすっきりしませんが」

俺の言葉を聞いた勇者が、不服《ふふく》そうに吐き捨てる。

「はっ、何が扇動者だ。俺に言わせればこいつの方がよっぽど怪しいぜ。さっきだって魔王の故郷がどうとか言ってたが、本当は魔王の魔石を集めてるんじゃねーのか？」

ぐっ……本当にこいつは良い性格をしている。

「なるほど。では一つ勇者殿に聞こう。勇者殿の故郷の名前はなんと言うのだ？」

王様は一つ頷くと、勇者に質問した。

「故郷？　答えたら解放してくれるのか？」

「考慮《こうりょ》しよう」

「確約《かくやく》してくれねーんだったら教えられねーな。勇者である俺よりもコイツの言葉を信じて、端《はな》から疑《うたが》ってくるような連中には、何言っても無駄だ」

「そうか、よくわかった。おい！　勇者殿は拘束したまま部屋に連れて行け。私が指示を出すまで決して目を離すな」

「はっ‼」

王様の号令で、並んでいた兵士達が数人飛び出し、勇者をどこかへ連行する。

「おい‼　拘束くらい解けよ‼　俺は勇者だぞ！」

やがて、勇者の怒声《どせい》は遠くなり、謁見の間に静寂《せいじゃく》が戻った。

これで俺の疑惑《ぎわく》は解けたのかな？

「勇者を連れて行って良かったのですか？　まだ故郷について聞いていないと思うのです

が……？」

俺が心配して尋ねると、王様は口元を緩《ゆる》めた。

「構わん。実は先ほど、この『鑑定の腕輪』を使用した際に、勇者の説明欄《らん》に地球なる土地の出身であると記載《きさい》されていた。勇者がどのような態度を取るか見ていたのだが……あの勇者より貴殿の方が信用できそうだ」

わかっているならちゃんと教えてくれても良いだろうに。王様も本当に人が悪い。

「では、私の疑惑も？」

「ああそうだな。魔王と勇者が同郷など、今すぐには受け入れられぬが、少なくとも貴殿が嘘《うそ》を言っていないのはわかった。勇者を処刑したとあっては各国から非難《ひなん》されるかも知れぬので、あやつの処遇は難しい。しかし、我がエスネアート王国を蹂躙《じゅうりん》した罪は重い。捕らえた帝国兵も含めて必ず報いは受けさせる」

「そうですか、それであれば、戦の犠牲者も浮かばれますね」

「貴殿は我が国の民ではないのに多くのことに配慮《はいりょ》してくれているのは、今日話しただけでも十分理解できた。貴殿は拠点を認知してほしいと言っていたが、いっそ配下と共に我が国に来ぬか？　爵位《しゃくい》も授《さず》けるし、新たに領地も与えるぞ？」

「うちの拠点には個性豊かな奴が多いので、この国で暮らすには何かと障害が多いでしょう。ですので、大変ありがたい申し出なのですが、お断りさせていただきます」

「そうか……残念だが仕方ない。気が変わったら、いつでも言ってくれ。ではこれより褒賞の準備をさせよう。それとは別に、この後祝賀会を開くので、ぜひ参加していってほしい。娘にはその間に出発の準備を整えさせよう」

「わかりました」

俺は王様に一礼し、謁見の間を後にした。

＊＊＊＊

謁見を終えた俺達は先ほどの部屋で少し待機した後、祝賀会の会場に足を運んだ。

しかし、これはどう見ても俺みたいな一般人が、軽はずみな気持ちで参加しても良いような宴ではなかった。

大きな会場に立食形式での食事……ここまでは会社のパーティーや結婚披露宴《けっこんひろうえん》でもあるレベルだが、問題はここからだ。

会場内を埋め尽《つ》くす来賓《らいひん》達の服装は信じられないほどきらびやかで、楽団の生演奏にあわせて会場中央のダンスホールで男女が手を取り合って踊《おど》っている。

服装からしてみんなこの国の貴族だろう。普段からこういうパーティーに慣れているのか、緊張《きんちょう》した様子もなく、立ち居振る舞いがいちいち優雅《ゆうが》だ。

俺達はこれから、主賓《しゅひん》として紹介されて入場するらしい。

考えただけでも気が滅入《めい》る。

目立ちたくない俺からすれば、これはもう完全に罰ゲームだ。

控え室でジャックから話を聞いた俺はこれから始まる悲劇《ひげき》を想像し、いち早く手を打った。

すぐに第二王女を探して、クリスと一緒に誘拐されたところを助けた貸しを持ち出して、先にこっそり会場入りさせてくれるように全力で頼み込んだ。

おかげで俺は、一人静かに壁際《かべぎわ》に逃れることに成功した。

さて、いよいよ入場が始まった。モーテンを筆頭《ひっとう》にみんなが荘厳《そうごん》な音楽の中一人一人名前を呼ばれ、戦争での活躍ぶりなどのナレーションと共に入場してくる。みんな会場の注目を一身に浴びながらも堂々と歩くが、既にファンがついた者もいるのか、拍手《はくしゅ》や喝采《かっさい》の量が違う。

その様子を遠目《とおめ》に見守りながら、俺はドン引きしていた。

さっきのナレーションの武勇伝は、下手をすれば俺主体のものになっていたかもしれなかったのだ。あんな持ち上げられ方をしながら入場した日には、いったいどうなっていたことか……考えるだけで頭が痛い。

幸《さいわ》い、ナレーションの内容はモーテンが活躍した体に変更されている。

　さすが王女様だ。仕事に抜かりがない。

　レルドや第二王女は俺が極力《きょくりょく》目立ちたくないと知っているから、協力してくれたのだろう。

　ありがとう。この恩は決して忘れない。

　それにしても、改めて遠目からうちの拠点の奴らを見ると、明らかに他の参加者よりも目立っている。

　みんな以前から整った顔立ちをしているとは思っていたが、ここまでの存在感はなかったはずだ。

　やはりレベルが上がって強化していく段階で綺麗さが増してきている気がする。しかもオーラとでも言うのか、独特《どくとく》の雰囲気がある。

　彼らが入場するなり、ダンスの申し入れや武勇伝を聞こうとする者が先を争《あらそ》って話しかけて、人だかりができてしまった。

　中でも、エレナとモーテンの人気は飛び抜けているな。

　リアムの周りはあまり集まっていない気がするが、強化不足なのか子供だから話しかけないのかはわからない。

　そうこうしているうちに、会場に王様も入場してきた。

　すぐにモーテン達に話しかけて、談笑《だんしょう》している。

遠目から見ているとエレナやジャックはいたって平常運転だが、モーテン達は貴族相手にどう対応していいか勝手がわからず苦慮《くりょ》しているみたいだ。

元はただの山賊だったからな。いらぬ苦労を掛けて申し訳ない。

とりあえず、俺はこのままひっそりと美味《おい》しい料理だけを食べて帰る予定だ。

『隠密』が仕事をしていれば、恐らく誰も俺に気付く人間などいないだろうからな。

しかし、過去の魔王が同じ地球出身だと知って本当に驚いた。

王国の図書館の蔵書《ぞうしょ》には過去の勇者の冒険譚《ぼうけんたん》などはあるらしいが、魔王に関してはどうも抽象的《ちゅうしょうてき》な記述しかないみたいだ。

何故ここまで魔王に関して情報が少ないのだろうか？

以前にも同じ地球から複数の人間が召喚されて、勇者と魔王になったのだとするなら、俺が今世の魔王だという村上君の主張が正しいことになってしまう。

本当に勘弁《かんべん》してほしい。

魔王ってなんだ、魔王って。

拠点の隅《すみ》で静かに穏《おだ》やかに過ごしたいと望む魔王なんて、いると思うのか？

そんなのを討伐しに来る勇者も可哀想《かわいそう》だ。

文献や口伝《くでん》がない以上、より詳しい情報を得るには王国各国が所有しているという魔王の魔石を集めるのが手っ取り早い。

だがこれはあまりに難易度《なんいど》が高すぎる。しかも、そんな行動が周囲に露見《ろけん》した日には、過去の魔王の復活を目論《もくろ》む今世の魔王だと見做《みな》されてしまうだろう。

だったら、今の俺にできるのは魔王だと思われないように行動で示すことだけだ。

幸い、今回の戦争で王国と関係を作れたから、俺や出店や交易を通して拠点の存在を認めてもらえるように努力するしかないな。

まあ、もしかしたら、俺の他にも地球人がこちらの世界に来ている可能性だって否定できない。

俺を転生させたあの神様なら〝不安だからもう一人送っといた〟とか言い出しても不思議じゃないしな。

これ以上悩《なや》んでも仕方ないか。

「何か考え事ですか？」

「!?」

料理に舌鼓《したつづみ》を打ちながら、魔王について考えていると、突然後ろから話しかけられた。

第三王女だ。

「んぐっぐ……はぁはぁ、いやはやビックリしましたよ。よく私を見つけられましたね」

油断していた俺も悪いが、驚いてせっかくの料理が喉《のど》に詰《つ》まってちょっと死にそうだ。

「はい、エレナさんから会場の隅か、料理が減《へ》っている所を重点的に捜《さが》せばいいと聞いたので。一箇所《いっかしょ》だけ料理が異様に減っている場所を見つけて、注意深く観察していたら、あなた様の姿が目に入ったものですから……驚かせてしまったのでしたら申し訳ありませんでした」

そう言うと、第三王女は頭を下げた。

おいおい、王女が頭を下げている場面を誰かに見つかったら絶対に注目の的だ。

俺はこの状況に危機感を覚えて周囲を見回すが、エレナ達の魅力が余程凄いのか、未だに彼女達の方に人が集まっていて、こちらを見ている者はいない。

それにしてもエレナの奴、もう少しマシな説明をしてほしいものだ。

食べ物が減っているところを探せだなんて、ただの卑《いや》しん坊《ぼう》みたいじゃないか。

それに、俺のことに関してはかなり詳しくなってきたはずなのに、どうして俺を目立たせようとするのだろうか？

……謎《なぞ》だ。

「どうか頭を上げてください、クリス様。それくらいで謝《あやま》る必要はありませんよ」

「あなた様はこれから私の主人になるお方です。ご迷惑をお掛けしたのであれば謝罪するのは当然かと思います。それに、私のことはクリスと呼び捨てでお呼びください。言葉遣《づか》いも普段と一緒で構いません」

ん？　主人？　言い方が気になるが、約束だと〝魂《たましい》まで捧《ささ》げろ〟とかエレナが言っていたし、奴隷のような感じだと思っているのだろうか。

「では、お言葉に甘えて少し言葉を崩《くず》させてもらうけど……何か俺に用があったのかな？」

「はい、この度《たび》は我がエスネアート王国を救っていただき、本当にありがとうございました。私はこれからあなた様のもとでこの身を捧げ、尽くしていく所存《しょぞん》です。まだわからないことが多いので失礼を承知《しょうち》の上でお聞きいたしますが、私は何をすればよいのでしょうか？」

何をするのかって？　……正直、俺にもわからない。

恐らくジャック達に具体的な計画があるだろうから、そっちに聞いてもらおう。

「俺も詳しくは知らないんだよ。外交関係の仕事を任《まか》せると思うけど、具体的にはまだ何も。後でジャックかエレナに聞いてみて。それ以外は拠点でのんびり生活してもらって構わないよ。今の生活と比べると不便に感じるかもしれないけど」

「そうですか、その様子だとあなた様が直接私を望んだわけではないのですね……少し残念です」

いったい何が残念だと言うのだろうか？

本当にこの世界の女性は謎が多い。

「そういえば、先ほどは心ここにあらずといった様子でしたが、何か悩み事があるんですか？　力になれるかはわかりませんが、私で良ければお聞かせください」

「ああ、魔王について少し考えていたんだよ。情けないところを見られてしまったね」

「いえ、お気になさらないでください。それにしても、魔王についてですか……。確か先ほど陛下とお話しされていた際に、勇者と魔王の故郷が同じとおっしゃっていましたね」

「そうだね。それについて詳しく調《しら》べたいんだけど、王都には勇者はともかく魔王関連の資料はほとんど残っていないらしいね」

「確かに、私も興味を引かれます。もし勇者と魔王が同じ故郷出身だとしたら、その違いは種族ではなく行動——人間を守護した者か害した者か、ということになるのではないでしょうか。でしたら、人間以外の国、主に魔国か獣王国を調べてみるのが良いかもしれません」

ほうほう、守護した者に害した者か。

この王女様は面白いことを言うな。

だとしたら、今回勇者は完全に人間に害を為《な》しているし、俺は結果的に人間を守っている。

本当にどういう基準で勇者やら魔王やらになるのだろうか？　単に職業名で記載されているだけとは思えない。そもそも俺のステータスには職業欄は記載されていないから、完全に無職扱いだし。

それも含めて、今後は少し広い範囲で情報を収集しないといけないな。

だが、おかげで次にどこに行くかは大体決まった。

「魔国か獣王国か……地理的にはどちらも帝国を通らないと行けないと思うけど、効率を考えれば先に帝国を調べた方がいいかな？」

「確かに、帝国経由が一番かもしれませんが、現在王国と帝国は戦後処理の真っ最中で、未だに緊張状態が続いていますので、国境線付近は警戒が厳重《げんじゅう》で入出国は難しいと思われます」

ふむ、言われてみれば確かにその通りだな。

やはり外の国の情報に詳しい人物がいると役に立つ。

だが、クリスは俺達が『隠密』を使ってこっそり入国できることを知らない。なんなら、帝国に帰ったエッジ達を目印にすれば、『時空間魔法』による転移も使える。

とはいえ、もし見つかったらリスクがあるだろうし、エッジ達に迷惑が掛かるかもしれないから、実行する際はジャック達と相談して慎重《しんちょう》に計画を練《ね》らなければならない。

「じゃあ、クリスはどうやって魔国や獣王国に行けば良いと思う？」

「一度大森林を抜けて獣王国に入り、その後魔国に向かうのが安全かと思います。獣王国とエスネアート王国は友好的な関係にあるので、陛下に頼めば紹介状を書いていただけるでしょう。それを持って獣王国の王族に会いに行くと良いと思います」

おお、紹介状があれば心強い。確か、ナミラ平原での決戦時、王様は獣王国に疎開していたしな。

だったら、帝国で一から調べるより獣王国の王族に直接聞いた方が早そうだ。

さっそく紹介状の件を頼んでみようと王様を捜していると、何故かエレナやジャック達が足早にこちらへ向かってくるのが見えた。

ん？　エレナ達には俺は目立ちたくないから放っておくように言ったはずだが、なんでこっちに向かってきてるんだ？

「ケンゴ様、突然で申し訳ありませんが、少し問題が発生しました」

エレナは俺の目の前に来ると、険しい顔で耳打ちした。

「問題？」

「はい。大森林の拠点が何者かに包囲されたようです。敵の詳細《しょうさい》はわかりませんが、現在ゴブ一朗先輩は外に出ているようなので、拠点に残っている者だけで対処できるかわかりません。いかがいたしましょう？」

「はっ？　拠点が包囲されたって、どういうことだ？　もう少し詳しく説明してくれ」

俺はその報告に驚愕《きょうがく》しながら、エレナにもう少し状況を詳しく説明するように促した。

「はい、この祝賀会が開始する頃から、拠点周辺に不審な気配が出現しはじめたと、報告がありました。その後、すぐに状況の確認のためにスカイホーク達を飛ばしたところ、武装した集団が統率《とうそつ》された動きで包囲を狭《せば》めているのを発見したとのことです。祝賀会の途中ではありますが、ケンゴ様に指示を仰《あお》ぐべく、報告に来た次第です」

いやいやちょっと待て、敵が確認できたのなら真っ先に報告に来るべきだろ。

だいたい、拠点が突然包囲されるなんて滅多《めった》にない緊急事態なのに、エレナはまるで動《どう》揺《よう》しているようには見えない。これはきっと、以前から俺に報告せずに拠点のメンバーだけで外敵を排除《はいじょ》していたのかもしれないな。

まったく、報連相《ほうれんそう》はしっかりしようよ、報連相は……

しかし、なんで俺達の拠点が攻められるのだろうか？

誰か俺達に恨《うら》みがある奴がいるのか？

それとも、力をつけた集団が勢力拡大のために攻めてきたのだろうか？

ようやくナミラ平原での決戦が終わって、これから少しゆっくりした後で獣王国にでも行こうかと考えていたのに、計画が狂ってしまった。本当に勘弁してほしい。

「そうか、今後は何か拠点に問題があればもっと早めに報告してくれ。急いで拠点に戻るぞ」

「はい。ですが、全員でこの会場を抜けるのでしょうか？　さすがに目立つと思うのですが……」

話題の中心であるエレナ達がここに来た時点で、かなり目立っているけどな。

エレナが話しかけて初めて俺の姿を認識した者もいるのか、周囲には驚いたり困惑したりしている人達も多い。

それはひとまず置いておくとして、エレナの言う通り、今全員で移動する必要はないのかもしれない。

この中で戦闘能力が高いのはエレナ、マリア、リン、メルド。それ以外のメンバーは戦力的には劣《おと》る。王様には紹介状の件を頼みたいし、ジャックはうちの拠点への物資の融通、王都に用意してもらう土地や建物の手続きなどもあるだろう。

ここは仕事を分けて行動した方が良さそうだ。

「エレナの言う通りだな。拠点へは俺とエレナ、マリアとリンで戻るぞ。ジャックは褒賞の手続きをしてくれ。クリスはさっき話していた紹介状を書いてもらえないか王様に頼んでみてほしい。その他の者は適宜《てきぎ》この二人をサポートしてくれ。特にメルド、有事の際はみんなを守ってくれ。拠点が包囲された以上、こっちでも何かあるかもしれないからな、頼むぞ」

俺の指示に、みんな口々に了解の返事をした。

「片付き次第すぐに連絡をするから、王都に残るみんなはくれぐれも無理をしないように。ヤバそうなら全てを投げ出して逃げろよ？　お前らの命が最優先だ」

「「了解しました」」

俺はそう言うとエレナ達を抱き寄せる。エレナ達は驚いて身を硬《かた》くしているが、緊急時だから我慢《がまん》してもらおう。

三人を抱《かか》えるようにして拠点へと転移した。

＊＊＊

目を開けると、そこは拠点の広場で、周囲には急いで駆《か》け回る人や魔物が多数見えた。

いつもはもっとのんびりしているので、包囲されているのは間違いないのだろう。

（誰か現状を説明できる奴はいるか？）

俺が全体に『念話』を送ると、すぐに妖《あやかし》ウサギのうさ吉《きち》から返事があった。

俺は魔物の言葉が理解できないので、すかさずエレナが通訳してくれる。

（『僕が説明するね。報告した通り、拠点が包囲されはじめているよ。僕の索敵に引っかかるだけでも四百人以上いるね。相手の陣形はこの拠点の入り口付近に多くの人数を割《さ》き、周囲に逃亡者が出ないように警戒する小隊が散《ち》っている感じだね。ホーク達の偵察《ていさつ》で確認できた敵方の種族は、エルフがメインで、ドワーフや小人族、獣人に翼人《よくじん》、森人《もりびと》までいるよ』）

どうしよう、ここに来て俺の知らない種族が出てきた。

（うさ吉、翼人と森人ってのはどういう種族なんだ？）

（『翼人は翼のある人、森人は身体《からだ》の一部が樹木に寄生《きせい》されてる植物系の人種といったところかな』）

なるほど。それにしても、何故そのような多種族に拠点を攻められなければならないのか、全く理由が思い当たらない。

何かやらかしただろうか？

（『敵には恐らく「索敵」持ちがいると思うよ。ゴブ一朗達主力が久々に大規模な魔石狩《が》りに出て、主様達が王都に行ったタイミングで包囲が始まったから、こちらの兵力や配置はバレていると思った方がいいね。今はとりあえず簡易的《かんいてき》に拠点の入り口を塞《ふさ》いで対処しているけど、相手次第ではすぐに壊されると思うから、主様には入り口を塞いでほしいんだ』）

（ああ、その程度だったら問題ない。他に俺ができることは何かあるか？）

（『とりあえず敵が動くまで主様は待機しておいて。最悪、敵が僕らより強かったら全員で逃げるか、拠点の全周を「土魔法」で塞いでもらって、籠城《ろうじょう》するから』）

（そうか。今この拠点にはどのくらいの戦力が残っているんだ？）

（『あまりいないよ。ゴブ一朗が久しぶりの魔石狩りに主力を連れて行っちゃったから、残っているのは僕の部隊くらいだね。最近は襲撃《しゅうげき》がなくて油断していたよ』）

ふむ、うさ吉だけということは、ダークウルフのポチも外出しているのか……

だが最近は襲撃がなかったとはどういう意味だ？　俺が知る限り今回が初めての襲撃なのだが、やはり以前から散発的に襲撃があったみたいだな。

俺はただこの拠点でみんなとのんびり暮らしていきたいだけなのに、物騒《ぶっそう》だな……

早速、依頼された拠点の門の閉鎖《へいさ》作業をしていると、念話で報告が入る。

（報告、北門付近の敵から代表者を出せとの要求が来ました。うさ吉さん、どうしましょう？）

だから何故みんな直接俺に言わず一回主要メンバーを挟むのだろうか？

まぁ、俺がまだ拠点に戻っていることを知らない人もいるかもしれないが、できれば早急になんとかしたい。

俺が知らない間に重大な事件が起きて、知らないまま終わるのは御免《ごめん》だ。

俺は早速報告にあった北門へと向かった。

『土魔法』で塞いだ北門に近づくに従って、外で叫ぶ声が少し聞こえてくる。

この拠点の外壁《がいへき》はかなり高く造ってあるから、恐らくそう簡単に突破《とっぱ》されることはないと思うが、敵には翼人という有翼の人種もいるらしいし、攻撃される不安は拭《ぬぐ》えない。

やっぱり防空対策はしておくべきだったな……

俺は遮るもののない空を見上げ、事前対策を怠《おこた》った自分を呪って溜め息をついた。

しかし、嘆《なげ》いていても何も変わらない。まずこの現状をどうにかしてから考えよう。

どうしても壁《かべ》を越えてくるようなら、『風魔法』をＬＶ１０まで取得すれば、飛んでいる相手をある程度攪乱《かくらん》できると思うしな。

思考を切り替えて外の相手と話をするために北の外壁を上ろうとした瞬間、それを予見していたのか、すぐにエレナから待ったが掛かった。

「お待ちください。もしかして敵の要求通りに出て行こうとしているのですか？」

「ん？　代表者を要求しているから、俺が行くべきじゃないのか？　なんで包囲したかも知りたいし」

「それでしたら、相手はケンゴ様が代表だと知りませんし、ケンゴ様がわざわざ矢面《やおもて》に立つ必要はありません。交渉は私が行いますので、ケンゴ様はいざと言う時のために後ろに控えていてください」

「いや、だが危《あぶ》ないのはエレナも変わらないだろ？　俺なら『危機察知』スキルがあるから、そうそう危険なことにはならないと思うぞ？」

「それでも、です。ケンゴ様は私達の王様なんですよ？　そろそろその自覚を持って行動していただけると助かります」

ぐっ……何も言い返せない。

相変わらずエレナはみんながオブラートに包んでいることもどんどん言ってくる。

確かに俺はみんなの王様になると宣言したものの、結局いつもとやることは変わっていなかったからな。隙あらば転移で勝手に移動するし、何かあっても大体先に行動して報告は事後だ。

レルド達王国の王族のフットワークが軽すぎるなんて、二度と言えないな。

「それに最悪、交渉が決裂《けつれつ》して戦闘に移行した際には、ゴブ一朗先輩達を迎えに行ってもらわなければならないかもしれません。ケンゴ様は私の交渉中にうさ吉先輩と戦闘準備をしておいてください」

おお、そういえば、俺が転移を使えばゴブ一朗達をすぐに呼び戻せるのか。

最悪じゃなくても、今から敵の後方にゴブ一朗達を転移で連れてきた方が良いんじゃないか？

「わかった、では交渉次第で今後の行動を決めようか。それと質問なんだが、前に手に入れたワイバーンの魔石って、まだ残っていたかな？」

「ワイバーンの魔石ですか？　確か魔道具用に全部使い切ったと思いますが……」

「そうか……」

防空対策に一体だけでも召喚しておきたかったんだが、使ってしまったのなら仕方がない。ゴブ一朗が持って帰ってきた卵が孵《かえ》るのを大人《おとな》しく待とう。

「では、相手も焦《じ》れてきたようなので、私は交渉に向かいます。ケンゴ様、申し訳ありませんが、『鑑定の腕輪』を貸していただけませんか？」

「構わないぞ。『収納袋』に何個か入れてあるから、好きに使ってくれ」

最近、魔道具の『収納袋』が共有化されてみんながアクセスできるようになったから、なんでもかんでも『収納袋』に入れて保管している。内部は時間が止まって劣化《れっか》もしないし、好きな時に誰でも取り出せるので便利だ。

工房と生産区間の間でも、念話と『収納袋』を使って一瞬で物のやり取りをしているらしい。

「ありがとうございます。マリア、リン！　『鑑定の腕輪』を装備して私についてきなさい！」

「「はい‼」」

エレナは二人を連れてさっさと外壁を上っていってしまった。

本当に大丈夫だろうか？　エレナ達が強くなっていることは知っているが、敵前へと向かうと聞くと、やはり不安だ。

一応いつでも手が出せるように外壁に少し穴を開けて外の様子を窺おう。

何事もなく終わると良いのだが……

「うさ吉、念のため、ゴブ一朗達に固まって待機するように伝えておいてくれ」

「キュッ！」

俺はこういう場面で役立つスキルがないか『スキルブック』で探しながら、エレナの交渉を見守った。

先ほどから外では、エルフと思《おぼ》しき耳の長い男が先頭に立ち、声を荒《あら》らげている。

「早く代表者を出せ‼　時間稼ぎをしていると判断すれば、即刻《そっこく》攻め落とすぞ‼」

「お待たせいたしました。私がこの拠点の代表者です」

エレナの姿を見た男が、不愉快《ふゆかい》そうに目を細める。

「貴様が代表だと？　嘘をつくな‼　この拠点を作った者は男だと聞いている‼　謀《たばか》るようであれば容赦《ようしゃ》しないぞ‼」

「嘘ではありません。その男は不在ですので、今は私がこの拠点の代表です。何か問題があるのですか？」

「本当だろうな？　嘘だとわかったら貴様らの命はないぞ‼」

こちらを包囲しているのだから、当然敵意はあるのだと思っていたが、想像以上に好戦的だ。

この様子だと本当に戦闘に移行しそうだな。

それにしても、俺の存在まで知っているとは驚いた。

そうなると、ただの『索敵』以上のスキルだ。ユニークスキルか？

「ええ、それで構いません。それでそちらは突然私の拠点を包囲したようですが、どのような用があってこのような行動に出たのですか？　問題がなければぜひお聞かせ願いたいのですが」

「貴様達がやった行為の報いだ」

「私達は特に問題ある行動を起こしていないと思うのですが、具体的に教えていただけませんか？」

「自覚がないだと？　ふざけるな‼　貴様らはこの拠点の周囲にある集落で虐殺を働き、森林の大規模破壊を繰《く》り返しているだろう。さらに森林深部《しんぶ》に棲《す》む竜種《りゅうしゅ》に干渉《かんしょう》して生態系を乱し、我らを加護《かご》する神樹にまで悪影響を及ぼしている‼　知らないとは言わせんぞ‼」

　ああ、聞いた感じだと、確かに八割くらいうちのことで間違いなさそうだ。ゴブ一朗達はレベルアップのために大森林の中央部で狩《か》りをするし、ワイバーンの卵を持ってきたこともある。

　迷惑を掛けたなら本当に申し訳ない。

　殺害した連中はうちの拠点で復活しているとはいえ、外から見たらやりたい放題やっているとしか思えないだろう。

　しかし、エレナは男の主張を撥《は》ねのける。

「証拠《しょうこ》はあるのですか？　それに、私の拠点の主要メンバーは魔物です。彼らが勢力を拡大する際に周囲と抗争《こうそう》し、その結果被害が出るのは、この森の環境《かんきょう》では自然なことだと思いますが？」

「証拠も何も、森の精霊達が貴様らの所業《しょぎょう》を全て見ている‼　貴様らが拠点を広げた結果、追いやられた魔物が他の集落に流れてきて被害も出ているし、竜種に手を出したせいで棲《せい》息地《そくち》の周囲は見るも無惨《むざん》に燃え尽きてしまった。神樹に至《いた》っては既に端《はし》が枯《か》れはじめている。我らの集落では貴様らに家族を殺された親類が今でも泣いているんだぞ。これを聞いてもまだ問題がないと言えるのか‼」

「私達にとっては問題ありませんね。もう一度言いますよ？　勢力を拡大するために被害が出るのは仕方がないことです。あなた達だって、集落を築いた時に周囲の環境を破壊したはずです。被害が一切なかったと思っているのですか？　被害云々《うんぬん》を言うのであれば、私達の小さな拠点ではなく、大国に文句を言ってはいかがですか？　過去によっぽど多くの犠牲者を出しているでしょう」

「屁理屈《へりくつ》を‼」

「あなた達には理不尽《りふじん》でも、私達にとっては必要なことです。属している国や立場が違えば、意見も変わって当然でしょう」

「無益《むえき》な殺生《せっしょう》はやめようと降伏勧告《こうふくかんこく》をしに来たが、無駄だったようだな」

「むしろ私達の方があなた達に勧告をしないといけませんね。今帰るなら命を無駄に捨てる必要はありませんよ？」

「貴様っ‼」

あれ？　エレナは交渉に行ったんだよな？　明らかに挑発しているような気がするぞ。

確かに、以前うちの奴らは周辺の集落を襲った。やられた方からすれば許されない行為なのかもしれない。しかし今は襲撃なんてしていないし、みんな拠点で気ままに暮らしているだけだ。

神樹については聞いたことがないのでわからん。

しかし多少の誤解やすれ違いはあるものの、相手も悪い奴らじゃないみたいだから、できれば戦いたくない。

襲撃した集落の人間が生きているとわかったら手を引いてくれないかな？

しかしどうも戦闘が始まる気配が濃厚《のうこう》なので、俺は一度ゴブ一朗達のもとへと転移し、拠点から少し離れた位置に待機させた。


数分で移動を終えて再び拠点に戻ったのだが……どうやら交渉はまだ平行線のようだ。

俺はエレナの交渉を聞きながら、念のためいつでも動けるように準備を進めた。

「これが最終通告だ‼　降伏しない場合は武力で制圧するぞ‼」

「こちらも最終通告です。無駄なことはやめて帰りなさい。初めての指揮だから意気込《いきご》んでいるのかもしれませんが、相手の戦力を見誤《みあやま》って部下を死なせるものではありませんよ、ギークさん？」

「っ‼　貴様、何故名前を……‼」

「他にも、後ろの木々の間に隠れているサンデさんにグーデさん、こちらからは丸見えですよ。それに、ミーチェさんですか？　婚約者《こんやくしゃ》がいるなら、なおさら帰ることをおすすめします」

「っ⁉」

エレナのその言葉に、前方で控えている亜人《あじん》達が驚愕の表情を浮かべる。

それにしてもエレナはなんで初対面の相手の名前や個人情報を知って……ああ、『鑑定の腕輪』か。

婚約者とか細かい情報はレベルが高くないと表示されないはずだから、恐らく最高レベルの『鑑定の腕輪』を持ち出したのだろう。

敵対している奴が教えてもいない自分の情報を知っているとわかったら、いったいどういう感情を抱くのだろうか？

俺だったらあまりの恐怖に漏らしてしまうかもしれない。

エレナの交渉はかなり威圧《いあつ》的に聞こえるものの、ちゃんと俺の意向を汲《く》んでこちらに害意がない者は極力帰らせようとしている。

警戒を呼びかける念話がこないところを見ると、交渉中にマリアとリンが相手の戦力を鑑定して問題ないレベルだとわかったのだろう。

これは、連れてきたゴブ一朗達の出番はないかな？

「くそっ！　化け物が!!　貴様らはいったいなんの目的で集落を襲ったり神樹《しんじゅ》や竜種に干渉したりするんだ!?　皆貴様らに害をなしたわけではないだろうに!!」

「ですから、私達は勢力を拡大しただけです。最近では集落を襲わないようにしていますし、神樹への干渉については私達ではありません。それに竜種はたまたま見つけたので交戦したにすぎません。あなた達だって、ここに来るまでに相当数の魔物は殺したでしょう？　それと同じです」

「嘘をつくな!!　精霊が貴様らの仕業《しわざ》だと言っているんだ、間違いない!!　それに、そこらにいるゴブリンと竜種を一緒にするな!!」

「竜種もゴブリンも私達から見れば一緒ですよ。むしろ、その竜種に干渉したのは他ならぬゴブリンですしね。それで、あなた達は私達をこれからどうするつもりなんですか？」

「貴様らを放置すれば今後森への被害が広がる可能性が高い!!　既に〝議会〟では貴様らの排除が決定している!!」

マジか……既に排除が決定しているとは驚いた。

こちらに弁解《べんかい》の余地すらないなんて……

襲撃した集落の住人、ゴラン達は復活させて元気に生活しているし、神樹とやらへの干渉は完全に冤罪《えんざい》だ。

「では、あなた達は撤退《てったい》するつもりはないのですね？」

「その通りだ！　これ以上の問答《もんどう》は無用だ‼　魔法部隊‼　外壁に向かって攻撃を開始しろ‼」

交渉していた男の声を合図に、北門に展開した部隊が次々と魔法を発動しはじめた。

今のところ拠点を包囲している他方面の部隊には動く気配が感じられない。拠点からの逃亡者を確保するために待機しているのか、それとも距離が遠すぎて合図を伝える術がないかのどちらかだと思われる。

もし北にいるこいつらが本隊なら、他の部隊を順次制圧していったら簡単に包囲を解くことができるんじゃないか？

俺が考えている間に、連中が放った魔法が飛来《ひらい》する。

炎、水など、各種属性の魔法が外壁に着弾し、炸裂音《さくれつおん》と共に土煙《つちけむり》が舞う。

あれ？　これが全力なのだろうか？

この程度の攻撃だと、恐らく外壁を壊すどころか傷すら付けられないと思うぞ。

土煙が晴れ、次第に外壁の状態が鮮明《せんめい》に見えてきたのだが……

「なっ⁉　無傷だと⁉　魔法障壁《しょうへき》でも張られているのかっ⁉」

ギークのリアクションから判断すると、壁に傷は付いていなかったようだ。

余程自分達の攻撃に自信があったのか、魔法を放った連中も信じられない物でも見るように壁を凝視《ぎょうし》している。

まぁ、この壁は魔法障壁とか上等なものではなく、単純に硬いだけなのだが、魔法、物理攻撃、どちらに対しても高い防御力を発揮《はっき》する。

あまりに硬いので、最近ではゴブ一朗達が同じ素材のショートソードを使って、どれだけ傷を付けられるか競《きそ》い合《あ》うくらいだからな。

怪力を誇るミノタウロスやファングレッドベアの熊五郎《くまごろう》でも五センチ傷をつけるのがやっとだ。

同じ素材で五センチなのだから、この硬度《こうど》を少々超《こ》える素材を用意しても壊すのはかなりの時間が掛かるだろう。

「単純にあなた達の魔法にこの壁を傷つける威力《いりょく》がなかっただけです。あなた達は再三にわたる私の忠告を無視してこちらに攻撃をしました。殺される覚悟があると判断してよろしいですね？」

「殺される覚悟だと？　何を馬鹿《ばか》なことを……」

「よろしくお願いします」

エレナがそう呟くと、拠点の南側から突然悲鳴が聞こえた。

「グガァアアアアッ‼」

次《つ》いで、熊五郎の威嚇《いかく》の声と数多くの悲鳴や怒号《どごう》が響きはじめる。

恐らく、ゴブ一朗達主力が動いたのだろう。

しかし、エレナは〝よろしくお願いします〟とか言っていたな。こいつらはまた俺抜きで念話しているな？

特定の人物を除外《じょがい》して念話するとか、どうやっているんだ？

こいつら、俺より念話を使うのが上手いな。

遠くから聞こえる悲鳴で、北門にいる連中に動揺が走る。

「な、何事だ‼　南では何が起こっている‼」

「報告がないのでわかりません‼　何者かの奇襲《きしゅう》を受けた可能性が高いと思われます‼」

「そんなことは声を聞けばわかるわ‼　すぐに東西の部隊に伝令を出して南に助勢に向かうように伝えろ‼」

「はっ‼」

エレナと交渉していたエルフ――ギークがそう言うと、伝令の男が慌てて駆けていった。

ナミラ平原でもそうだったが、やはりこの世界での情報伝達手段は伝令がメインなのか。分断されたら他の部隊と連携《れんけい》が取り辛いし、明らかに非効率的だ。軍を預かる身としてこいつらは何か対策等は行っていないのだろうか？

そのままちんたら人を走らせていても、念話を使いこなすうちの連携に絡《から》め取られるぞ。

俺が心配するまでもなく、東と西からも悲鳴と怒号が聞こえだした。

熊五郎のデカすぎる声は相変わらず南から聞こえてくるから、ゴブ一朗やポチが移動したのだろう。

最近では森での狩りがかなり上手くなっているから、『気配察知』スキルなしであいつらとやり合うと、俺でも姿を捉《とら》えるのが難しい。

北側にいる亜人の混成軍を見る限り、エルフや森人、翼人などは森での戦闘に長《た》けているのかもしれないが、全体的に装備が貧相《ひんそう》だ。

弓を基本に獣人やドワーフ等の亜人は鉄製の武器を持ってはいるが、翼人は自分の爪、森人は蔓《つる》などの体の一部で攻撃するつもりらしく、武器を持たない者も多く見受けられる。

それでゴブ一朗達の防具を傷付けられるとは思えない。

そもそも、この壁に傷を付けられないような輩《やから》に、俺が徹底的《てっていてき》に強化したゴブ一朗達の防具を抜けるわけがない。

「くっ、本当に何が起こっているんだ‼　他の部隊からの伝令はまだか⁉」

ギークが苛立《いらだ》たしげに部下に当たる。

「はい！　北面に布陣《ふじん》している部隊と待機させている者以外との連絡は一切取れません！」

「くそっ‼　おい！　貴様らいったい何をした‼　貴様らの主力はここにはいないんじゃないのか⁉」

現状が全く把握《はあく》できていないギークはついにこちらに直接聞いて来た。

敵に情報を求めるとか、こいつは馬鹿なのか？

まぁ、指揮をするのは初めてみたいだし、初陣《ういじん》だとみんなこんなものなのだろうか？

エレナも呆《あき》れて肩を竦《すく》める。

「それを私達があなたに教える意味があると思いますか？」

「ぐっ、確かにその通りだが……聞くだけなら損《そん》はないだろう」

いや損はしていると思うぞ？　俺達の中でギークの株は暴落《ぼうらく》中だ。

「おい‼　北面に警戒できる人数を残し、急いで援軍《えんぐん》を送れ‼　特に翼人部隊は上空から状況確認に専念しろ‼　何が起こるかわからんから、拠点の上空は通るなよ！」

「はっ‼」

ギークがそう指令を出すと、亜人混成軍はすぐに分かれはじめた。

上の指令に従って即座に動けるところを見る限り、軍隊としてはそれなりに優秀なのはわかる。

うちの拠点の奴らとは大違いだ。みんなたまにしか俺の言うこと聞いてくれないからな。

だが肝心《かんじん》の指揮官がこれだと、恐らくこの軍隊は全滅《ぜんめつ》するだろうな。

味方が分断され、未知の敵に襲われている。その上自分らの攻撃が相手に効かないかもしれない。

俺なら間違いなく全力で撤退だ。

議会とやらの決定があるのかもしれないが、全ては命あっての物種《ものだね》だ。死んだら再度作戦を練り直して挑《いど》むこともできない。

まぁ、そもそも俺にとって拠点のみんなの命を懸《か》けてまで成《な》し遂《と》げたいことなんてないけど。

こいつらの今回の敗因は完全に情報不足だ。

精霊とやらのおかげか知らないが、ゴブ一朗や俺達主力の不在を見抜けたのだから、その程度の戦力では初めからこの拠点を落とすのは無理だとわからなかったのだろうか？

俺が転移を使えるのは想定外だったとしても、そもそもの戦力が貧弱《ひんじゃく》すぎる。

それとも、この世界の精鋭《せいえい》というのはこの程度なのだろうか？

ナミラ平原でも練度《れんど》の高いはずの王国軍は魔物相手にやられていたし、帝国の兵士もエッジ達以外は特に強い奴はいなかった。

それならば俺達今後少しは安心して暮らせそうだ。こんな辺境の拠点にわざわざ足を運ぶ強者は少ないだろうからな。

俺が考え込んでいると、ギーク達に動きがあった。

「全員、敵を確認できたら支給された〝魔纏着《まてんちゃく》〟を使用しろ‼　決して敵に背を向けるな‼」

ん？　魔纏着？

魔纏着といえば、帝国に本拠地《ほんきょち》を置く黒の外套が用いる魔道具だ。

まさかここにも黒の外套の手が伸びているのか？

「あなた達も魔纏着を使用するのですか？」

俺と同じ疑問を抱いたらしく、エレナがギークに質問した。

「あなた達もだと？　まさか貴様らもこの魔纏着を持っているのか？」

ギークは援軍に指示を送りながらもエレナの言葉に食い付いた。

切り札《ふだ》だったはずの魔纏着の存在が知られていたのだから、ショックだろう。

「いえ、私達は使いませんよ。使用していた人間を知っているだけです」

「そうか、さすがに貴様らでも所持《しょじ》していなかったようだな。だが効果は既に知られているか……おい‼　伝令‼　敵は魔纏着の対策を練っている可能性が高い。安易に使用すると足をすくわれることになる。敵に合わせて臨機応変《りんきおうへん》に対応するように伝えろ‼」

「はっ‼」

……そんなに大声で指示を出してたら、全部こっちに筒抜《つつぬ》けだろうに。ギークはつくづく戦慣れしていないようだな。

エレナは相手が指示を出し終えるのを悠然《ゆうぜん》と待っている。

「話は終わりましたか？」

「ああ、だが魔纏着のことを知っているなら、俺達に準備する時間を与えたのはマズかったのではないか？」

「いえ、魔纏着を使用したところであなた達の強さでは大して変わりません。どうぞ好きに使ってください」

「なかなか吠《ほ》えるな。どうやって主力が我々の裏に回ったかはわからないが、直《じき》に私の部下が貴様らの主力の首を持って戻ってくる」

「ではその前に片付けてしまいましょうか」

そう言うと、エレナは突然外壁から飛び下りて、ギーク達の前に立った。

マリアとリンもエレナに続くが、三人共数メートルの高さから飛び降りたとは思えないほど静かに着地した。

いったいどういう運動神経をしているんだ。

「はっ！　今更《いまさら》下りてきて何事だ？　怖《お》じ気《け》づいて許しを乞《こ》う気にでもなったのか？」

「いえ、ゴブ一朗先輩が来る前にあなた達を片付けておこうと思いまして。このままだとケンゴ様が焦《じ》れて手を出してきそうですし」

おい、俺が手を出したら悪いみたいな言い方だな。

確かに俺が手を出す時は大体突発的に何か思いついて行動するパターンだけど、そんなに迷惑そうに言われると立ち直れなくなる。

一人落ち込んでいる俺を尻目《しりめ》に、合図もなしにリンが相手に向かって走り出した。

うちの拠点ではポチと並んで速いリンが、今日は一段と速く見える。

レベルでも上がったのだろうか？

「ガァァァァァッ!!」

敵がこの動きに対応しようとした瞬間、いつも通りリンが威嚇の声を上げた。

あんな可愛い女の子のどこからこの恐ろしい声が出るのか、いつも不思議でならない。

ギーク達が威嚇の咆哮《ほうこう》に驚いて動きを止めている隙に、リンが前衛《ぜんえい》に襲いかかり、一撃でなぎ倒す。

マリアも氷の棘《とげ》と弓で相手を狙撃《そげき》しはじめるが、明らかに視界に入っていない相手にも攻撃しているし、一撃一撃の威力も上がっているように見える。

まだエレナは攻撃に参加していないのに、二人だけで周囲を圧倒していた。

「な、なんだこの女共は!?　化け物か？　全員、急いで魔纏着を発動しろ!!」

「女性に対して化け物とは、失礼だと思わないのですか？」

そう言って、エレナはこの軍の首領《しゅりょう》であるギークに向かってゆっくり歩いていく。

俺はその姿に思わず見入ってしまった。

赤い髪は炎のように揺らぎ、周囲が高温になっているのか、彼女の周りの景色が陽炎《かげろう》の如《ごと》く歪《ゆが》んで見える。

しかも、彼女が歩くたびに足元の草が燃えて灰と化す。

いつもなら周囲にゴブ一朗達がいるから陽炎程度で抑えていただけなのかもしれないが、今回は相当ヤバい。あれは近づいたら火傷《やけど》じゃ済まない。

その光景を見て、ギークはすっかり怯《おび》えて後退《あとずさ》りしている。

「なんだ‼　なんなんだこの拠点は‼　主力が不在で一般人がいる拠点を潰すだけではなかったのか⁉」

「どうしたのですか？　先ほどみたいに威勢《いせい》良くこちらに攻撃をしてきても構わないんですよ？」

「くそっ！　なんでだ！　なんでこんなことになるんだ‼　正しい者が負けるなんて、あってはならない‼　遠距離部隊‼　魔法でも弓でもなんでもいい、奴に攻撃を仕掛けろ‼」

ギークの号令で後ろに控えていた魔法部隊や森に潜《ひそ》んでいた弓兵等が一斉にエレナに向かって攻撃を開始する。

弓兵はマリアの狙撃でかなり数が減らされているが、魔法部隊は未だに無傷で健在《けんざい》だ。

火に効力がある水系統の魔法を中心に、数多くの魔法が一直線にエレナに向かっていく。

だがそれらが着弾する瞬間、地面から炎が噴《ふ》き上がり、全ての魔法を巻き込みながら上方へと消えていった。

矢に関しては、躱《かわ》すまでもなく、エレナに届く前に燃え尽きている。

あれ？　エレナさん、ちょっと強すぎない？

この一週間でどれだけレベル上げたんだ？

「これで終わりですか？　早く私達をどうにかしないと、南から来る主力は私など比べものにならないくらい強いですよ？」

いや、お前だって間違いなくうちの拠点の主力だと思うぞ。

マリアとリンはエレナの強さを事前に知っていたのか特に動じた様子はなく、引き続き周囲の亜人達を倒し続けている。

何名か魔纏着を使用している者が見えるが、既にギークはまともに指揮しておらず、軍としての体裁《ていさい》は崩れつつあった。

「ぐっ、私はこんな場所で死ぬわけにはいかない‼　こんな化け物がいるなんて聞いていないぞ‼　これは情報収集を怠った議会の責任だ‼　撤退だ‼　全員撤退しろ‼　一度里に戻って立て直すぞ‼」

「逃がすと思っているのですか？」

エレナがギークを追いかける。

「相手は三人だ‼　遠距離部隊は撃《う》てる限りの魔法を撃って足止めしろ‼　森人は蔓で攻撃‼　その後は各自散開《さんかい》して本国まで戻れ‼」

ギークが叫ぶと、あらかじめ決められていたのか、軍がいくつかの小隊に分かれて森の奥へと逃走を開始した。

もちろんこちらへの妨害《ぼうがい》を行った上でだ。

「無駄な足掻《あが》きを。マリア！　リン！　一人も逃がさないように追い込みなさい‼」

「「はい‼」」

エレナはそう言うと火力をさらに上げながらギークの方へと走っていった。

＊＊＊＊

「ケンゴ様、本当に見逃して良かったのですか？」

「ああ、構わない。あの程度であればまた来ても問題ないしな」

あの後俺は森の奥まで追っていこうとしていたエレナ達に追撃《ついげき》の中止を指示した。

みんな俺の指示に従ってすぐに追うのをやめてくれたが、どこか不満そうだ。

いや、あのままお前らが森に突っ込んでいたら、今頃周囲は火の海だぞ。

相手の存在より、こちらの拠点の存続《そんぞく》が危《あや》ぶまれる。

「ケンゴ様に害意を持つ者を生《い》かしておくメリットはないと思うのですが……？」

「確かに、害意を持って攻撃してきた奴らを放っておくと、今後また同じことをされる可能性がある。だが、今回は俺個人ではなく、うちの拠点が攻められたからな。これは兵隊単位の問題じゃなくて、もっとその上の奴らをなんとかしないと解決しないだろ」

「では、こちらから攻めていくのですか？」

「そうだな、相手の出方次第だが。さっきのギークがこのまま本拠地に戻ってくれたら『追跡《ついせき》』スキルで場所がわかる。なんならあいつらが寝静まっている時にこっそり侵入《しんにゅう》してもいい。まぁ、そこら辺はゴブ一朗達と相談だ。俺も、排除しようと攻めてきた相手を放置するつもりはないぞ」

「そうですか、それは腕が鳴りますね。今回相対したのは亜人の混成軍でした。最近は小さな集落を見つけても襲撃せずに見逃していたのですが、それが仇《あだ》になったのかもしれません。ですが、それらを総括《そうかつ》する大本をケンゴ様が押さえれば、この拠点の周辺は名実共にケンゴ様のものになりますね」

「いや、俺は相手を無理に制圧するつもりはないぞ？」

今回は手を出してきたから反撃したが、議会とやらが相手の意思決定機関なら、ぜひそれに呼びかけてこちらの排除を諦《あきら》めてもらうつもりだ。

神樹の件とか、完全に誤解だからな。

竜に手を出したのはもうどうにもならないが、そこは謝罪して被害の補償《ほしょう》で許してもらおう。

まぁ、話し合いで解決できないのであれば、俺達の周辺から移動してもらうしかない。

俺達もこの拠点を譲るわけにはいかないからな。

「しかし、この拠点の周辺には結構な種類の亜人が住んでいるんだな。俺が一人で探索《たんさく》していた時は全然見かけなかったから、正直驚いたぞ」

「そうですね、ゴブ一朗先輩が探索している時も、あまり亜人達の集落は見つかりませんでした。大森林の中心部に近づくほど強い魔物が棲息しているので、彼らも比較的外周部に住んでいると思われるのですが、何か見つからない方法でもあるのでしょうか？」

確かにその通りだな。

後で仕留《しと》めた魔石から亜人達を召喚して方法を聞いてみるか。

外敵に見つからない方法があるのならば、ぜひうちの拠点でも採用したい。

外から見つからないことでみんなが安心して暮らしていけるし、外部から訪れる者にも対処がしやすくなる。

最近うちの拠点では武闘派が大半を占《し》めているからな。何も知らない人が街だと思って入ってきたところを、突然ゴブ一朗達に制圧される危険性がある。

これから王国との交易で訪れる人もいるかもしれないし、できるだけ拠点の評判を落とさないように気を付けねば。

王国の監査官がこの拠点を問題ないと報告してくれればいいのだが……

エレナと話していると、いつの間にか周囲から聞こえていた悲鳴が収まっていた。

どうやらゴブ一朗達の戦闘が終わったようだ。

「確かに、偽装方法があるなら気になるな。後で亜人を召喚して調べてみようか。さて、ゴブ一朗達の方も終わったみたいだから、一度合流するか」

「わかりました」

俺は東西に分かれたであろうゴブ一朗達にそのまま北門に来るように指示を出し、みんなが来るまでの時間を利用して北門の復旧《ふっきゅう》と、倒した亜人達の魔石を回収した。

回収作業の途中でゴブ一朗達がこちらにやってきたのだが、何度見ても外見が怖《こわ》いな。

ナミラ平原で進化した奴が多く、威圧感が増している。

突然あんな集団が目の前に現れたら、ビビって漏らしそうになるだろ。王国から監査官が来る時はぜひ隠れていてもらおう。

「ゴブ一朗、お疲れ様。問題はなかったか？」

『ああ、基本的に肉弾戦を挑んでくる相手ばかりだったから、主が作ってくれたこの防具がある限り問題ない。翼人が飛んでいたのは煩《わずら》わしかったが、最終的にはこちらへの攻撃手段は爪だったのでそのまま返り討《う》ちにしてやった。戦術を知らない馬鹿が多くて拍子抜《ひょうしぬ》けしたくらいだ』

「そうか、怪我《けが》がないようで良かった。全て倒したのか？」

『いや、ある程度は森へと逃がしてしまった。勝てないと悟《さと》って軍を抜け、森の中に逃げ出す輩が見られた。追い打ちを掛けてもよかったが、主の安全と拠点周辺の外敵を排除する方を優先した。今から追うか？』

「いや追わなくていい。連中、どうやらもっと上の立場の奴らの指示で動いていたみたいでな。今後の拠点の安全と俺の心の安らぎのため、そっちをどうにかする」

『ということは、こちらから攻め込むのだな？』

「まぁ、そんな感じになるかな。守ってばかりじゃ後手《ごて》に回るし、相手も色々準備してくるだろうからな。だが、一応交渉で解決できそうだったら攻撃は加えないぞ？」

『ああ、了解だ。だがその交渉のテーブルに着くまでに武力が必要になるだろう。相手の本拠地はわかっているのか？』

「それは、今逃げ帰っている奴が教えてくれるよ。俺は一度見た相手なら世界の果てまでも追うことができるからな」

『さすが主だな。ならば早急に準備を整えよう』

「そんなに急がなくていいぞ。確実に見極《みきわ》めるためにこの後亜人達から事情を聴取《ちょうしゅ》する。数日は余裕があると思ってくれ」

『そうか、ならば先に仕留めた亜人と探索で得た収穫《しゅうかく》物の解体をするか。今回は探索の途中で帰ってきたから、あまり質の良い個体がないのが残念だ』

「気にするな、またすぐに落ち着いたら探索に行けるさ。では解体は任せていいな？　俺は先に王国に残してきたジャック達を迎えに行くよ。後はよろしく頼む」

『ああ、任せろ』

　早速、王国にいるジャック達に念話を送った。

（ジャック、聞こえるか？　こっちは無事に片付いた。そっちでは何か問題は起こらなかったか？）

（ご主人様、お疲れ様です。問題と言うほどでのことはありませんでした。強《し》いて言えば、あの後祝賀会からエレナさん達が突然消えたと騒《さわ》ぎ立《た》てる貴族の方々が何人かいましたので、対応に少し時間を取られたくらいですね）

（騒ぎが起こったのか？）

（はい、すぐに静まったのですが、やはり戦勝の立役者《たてやくしゃ》として目立っていましたし、エレナさん達の容姿《ようし》や雰囲気に惹《ひ》かれた貴族が多かったのでしょう。いなくなった後も、私やモーテンさん達にエレナさん達をお茶会やパーティーに招待したいという問い合わせが多数来ましたよ）

　エレナ達の容姿に見惚《みと》れたのは俺だけではなかったか。

（それは迷惑を掛けたな）

（いえ、迷惑などではありません。主人を支えるのが私共の役目ですので、気になさらないでください。ご主人様は拠点の防衛という重要なことをなさっただけですから。むしろ、突然いなくなったことでエレナさん達への興味が増し、今後ますます誘いが多くなるかと）

なんだろう、最近さらにジャックの服従度合《ふくじゅうどあ》いが増している気がする。

この調子だと、いずれゴブ一朗達くらいになるんじゃないだろうか？

こいつが黒の外套の幹部として王女様を襲っていたなんて、嘘みたいだ。

（それは良いことなのか？）

（はい、今後王国との関係を考えるのであれば、有力貴族とのパイプを作っておくのが大事です。貴族達の領地でランカさんの商売や私達の行動の幅《はば》も広がります）

（そうか。一応言っておくけど、俺はお茶会なんて行かないぞ？）

（わかっています。各茶会やパーティーには拠点から然《しか》るべき人間を見繕《みつくろ》って連れて行きます。たまにエレナさん達もお手伝いしていただくことがあるかもしれませんが、その時はお借りしてもよろしいでしょうか？）

（なんで俺に聞くんだ？　エレナ達が問題ないのならいいじゃないか？）

（わかりました、後で確認しましょう。それで今後のことなのですが、物資や監査官の件など、私が話を進めてもよいのでしょうか？）

（ああ、構わないぞ。俺が関わらない方が上手くいきそうだしな。何かあればゴブ一朗達

くれ）
（ああ、『鑑定の腕輪』なら共通の『収納袋』に入っているから、いつでも好きに使って
もよろしいでしょうか？）
（ご主人様に不利益が出ないように尽力《じんりょく》いたします。その際『鑑定の腕輪』をお借りして
に聞いてくれ）
（ありがとうございます。では、早速明日からの交渉に使わせていただきます）
（明日？　迎えに行こうと思っていたが、今日はどこかに泊まる予定なのか？）
（はい、物資の話や土地と建物の確認、監査官来訪の日程を話し合わないといけませんし、
モーテンさん達も明日から王都で行われる祭りに参加します。そのため私達は王城の客間
に数日宿泊する予定です。リアムさんも祭りに参加したいと言っていたので、恐らくこの
まま私達と滞在《たいざい》するかと思います）
（そうか、なら拠点に帰る奴はいないのか？）
（いえ、クリス様がすぐに拠点に行くことを想定して用意していたようなので、迎えを希
望するかもしれません）
そうだった。いきなり拠点が襲われたせいですっかり忘れていた。
急いで彼女に念話を……
ああ、まだあまり接点がなかったから念話のマーカーを打ち込んでないじゃないか。

（そうだったな。彼女もお前達と一緒にいるのか？）

（いえ、彼女は自室で休んでいると思います。迎えに行かれますか？）

（うーん、どうしようか。転移で突然迎えに行ったら驚くだろうか？）

（そうですね、女性が部屋で休んでいる時に突然押しかけるのはマナーが良いとは言えませんね。特に急ぐ理由がないのであれば、明日にするか、私達と一緒に帰還《きかん》する形でも問題はないと思われます）

確かに、今すぐ拠点に来ても彼女がすることは特にない。

広場では今まさに襲撃者達の解体が行われている真っ最中だ。王城の中で育った王女様がこんなのを見たら卒倒《そっとう》するだろう。

（なら、拠点は今、襲撃の事後処理でごたついているから、後日ジャック達と一緒に連れて行くと伝えておいてもらえるか？）

（はい、お任せください。他にこちらで何かすることはありますか？）

（いや、特にないな。お前には色々任せて申し訳ない。余裕があれば祭りを楽しんでくれ）

（お気遣《きづか》いありがとうございます。ですが、私が好きでやっているので気になさらないでください。それでは、これで失礼いたします）

そこでジャックとの念話が切れた。

こういう風に話すと、改めてこいつらが拠点や俺のためにいろいろと考えて動いてくれているのだと実感する。本当にありがたい。

俺の方でもこいつらが外で問題なく動けるように準備したり、みんなが解決できない問題に対処したりする必要があるな。

＊＊＊＊

広場では解体作業が始まっていた。

解体はゴブリンなどの魔物勢だけではなく、この拠点の住民全員の中で手の空《あ》いている者が行うことになっている。当然、中には女性も一定数存在する。

スキルやステータスの補助があるから、レベルやステータスがそこそこ高い者であれば、女性や子供であっても苦労せずに解体はできる。

だが、俺は未だにこの解体現場周辺に漂《ただよ》う血の臭いがかなり苦手《にがて》だ。見た目的にもよろしくないのだが、やはり五感に訴《うった》えかけてくるものはなかなかにキツい。

それでも、この解体は生物から魔石を採取《さいしゅ》するのに絶対必要な行為だし、魔物に関しては毛皮や骨が素材として拠点の多くの場所で使われている。

この前、ゴブ一朗達がワイバーンを狩ってきた時は、みんな嬉《うれ》しそうに解体していたな。

俺も頑張って早く慣れよう……

さて、引き続き拠点を攻めてきた連中から情報を引き出さなければならない。

彼らは〝議会〟の決定に従ったと言うが、いったいどこの議会なんだ？

北門にいた指揮官はエルフだったから、エルフが首謀者《しゅぼうしゃ》か？

まぁ、中にはそれなりに事情を知っている者もいるだろう。

それにしても、『召喚』スキルはこういう時に非常に便利だ。

わざわざ相手を生け捕《いど》りにする必要はないし、拷問《ごうもん》などで無理やり情報を聞き出す手間もかからない。何しろ、どんなに敵対的な相手でも、召喚主に臣従《しんじゅう》して、進んで話してくれるからな。

しかし、この事実をうちの拠点以外にうっかり漏らすと、情報の取得のためだけに誰かが人を殺す奴が出てくるかもしれないから、注意する必要がある。

まぁ、そもそも人を蘇生《そせい》できると知られた時点で大問題になりそうだけど。

こういう時に口を滑《すべ》らせるのはいつも俺だから、本当に気をつけよう。

俺は解体を主導するゴブ一朗――の横で手伝っているエレナに話しかけた。

「エレナ、どんな感じだ？」

ゴブ一朗に話しかけてもいいけど、俺の場合、直接魔物と会話できないから、結局エレナが通訳しなくてはならないので二度手間になってしまう。

拠点の住人が増えてきた中、言葉がわからないのは本当に不便だ。

しかも、現在この拠点で通訳なしで魔物勢と会話できないのは俺だけだ。

最近では魔物勢も俺に気を遣って、村人や主力メンバーを介して俺に頼み事を言うようになったくらいだしな。何故こうなったんだ……

「解体をしてわかったのは、亜人に関しては種族や住んでいる集落も違う個体が多々見られる点です。装備や装束《しょうぞく》も違うので、各地から恐らく寄せ集められたと見て間違いないかと思います。一方、エルフは装備等に似通《にかよ》った物が多く、北門で指揮を執《と》っていたギークのことも含めると、エルフのこの襲撃を主導した可能性が高いと考えられます」

ふむ、やはりエルフが首謀者か。

ならエルフを優先的に召喚して情報を取得するのが効率が良いな。

ギークとの会話に出てきた精霊とかいうのも気になるし。

「なら、この後エルフを優先して召喚すれば良いんだな？」

「はい、魔石に余裕があれば、各種族を何人か召喚していただけると万全ですが、可能ですか？　それと、これはいかがいたしましょうか？」

そう言いながらエレナは『収納袋』から一つの魔道具を取り出した。

この黒い球体は……魔纏着か？

「魔石に関しては問題ない。ところで、これは魔纏着か？」

「はい。これは未使用の物で、魔力が充填《じゅうてん》されています。過去に私達が以前手に入れた物は魔力が空《から》の物が多かったので、未使用の物は今回初めて入手できました。いかがいたしましょうか？」

ほう、自分を一定時間強化できるあの魔道具の未使用品か。

この魔道具の良いところは、使う人を選ばず、誰でもパワーアップできるところだ。しかし、魔力の供給の仕方に問題がある。

他人の魔力を奪って強化するのはいただけない。

どうにかこの魔道具を有効利用する方法はないのだろうか？

『魔道具製作』スキルを持つアルバートならわかるかもしれない。

「とりあえず、アルバートに預けてみようか。俺は既存の魔道具に関してはあまり詳しくないからな。あいつなら市場に出回っていない魔道具だと言ったら興奮《こうふん》して取りに来るだろ」

「わかりました、では解体が終わり次第連絡して渡しておきましょう」

「ああ、頼む。俺も余裕ができたらランカ達が販売する魔道具を用意しないといけないから、顔を出すかもしれないと伝えておいてくれ」

「わかりました」

「それじゃあ、早速剥《は》ぎ取《と》った魔石の召喚をしようか。この中で等級が高い魔石はあったか？」

「いえ、基本的には十等級と九等級ばかりです。逃げた中に等級が高い者がいた可能性はあります。やはりあの時もう少し追撃した方が良かったのではないでしょうか？」

いや、エレナ……お前あの時めっちゃ周囲燃やしていただろうが。

まぁ、等級が高い奴がいないのは仕方がない。

強い奴ほど逃げ切る可能性は高いだろうしな。

「まぁ、逃げた奴のことは相手の本拠地までの誘導役だと思って諦めよう。とりあえずこいつらを召喚して事情を確認するぞ」

俺は解体作業が行われる広場の一画に、採取した魔石を並べた。

いつも通り『召喚』スキルを使用すると、目の前には北門で見た数多くの種族が出現した。

最近ゴブ一朗達魔物勢のおかげで感覚が麻痺《まひ》していたが、やはりこうして改めて亜人を見てみると、人間とは全然違う。

ドワーフや小人族、エルフに獣人はわりと人間寄りで、体格や顔つきに少し人とは異なった特徴《とくちょう》があるだけだが、森人と翼人に関しては人型というだけで魔物に近い気がする。

全身が樹に覆《おお》われていたり手の部分が翼になっていたりと、初見《しょけん》では少し怖い見た目かもしれない。とはいえ、うちの拠点にはもっと怖いのがたくさんいるから全然気にならない。

むしろ魔物寄りだと俺の言葉が通じるかどうかの方が心配だ。

他の亜人達との意思の疎通《そつう》も取れていたみたいだし、俺との会話も問題なくできると信じたい。

とりあえず話をする前に簡易服を着てもらった。

裸のままでいられると会話し辛いからな。

簡易服は毛皮をゆったりと繋《つな》げただけだからいろんな体型の奴に合わせられる。こういう時には非常に便利だ。

それにしても、相変わらず召喚された奴らは裸なのをまるで気にしない。お願いだから少しは羞恥心《しゅうちしん》というものをもってほしい。

俺は内心で溜め息をつきながら、呼びかける。

「全員着たみたいですね。それでは今回の襲撃に関して教えてほしいのですが、わかる方はいますか？」

召喚された者達は周囲を見回ししながらオロオロしている。

まさか誰もわからないのか？

どうしようか考えていると、召喚者の中からエルフの若い男性が手を挙《あ》げて喋《しゃべ》りはじめた。

「あの……自分の知っている内容で構わないのでしょうか？」

「ん？　ああ、自分のわかる範囲で話してくれれば大丈夫です。今回の襲撃の内情がわからなければ、あなたが参加した経緯《けいい》でも構いません」

「はい。今回私は最近新たに大森林に調和を乱す者が現れたことによる問題と、その解決のためにこちらの拠点を襲撃しました。精霊の証言《しょうげん》を受け、議会が調和を乱す者を排除する決定を下した後、私達は近隣《きんりん》から賛同者を集めて襲撃を実行しました」

調和を乱す者か……

新参者なのは確かだし、いろいろ開拓しているが、ここは大森林の外周部だし、そこまで言わなくてもいいんじゃないだろうか？

そもそも精霊ってなんだ？　俺はまだ一度も見たことがない。

何か見るのに条件でもあるのだろうか？

「そうですか。その議会というのは、エルフが主体になっているものなのですか？」

「はい、大森林にある各集落のエルフの代表が集まって開かれます」

「エルフの代表？　それに他の種族は参加していないんですか？」

「エルフの里の周囲にある他種族の集落は、神樹の加護を扱うエルフの庇護《ひご》下にあるので、議会はエルフが大半を占めています」

なるほど。しかし、神樹の加護とか言うのが関係しているのだろうが、他の種族はエルフの言いなりでいいのだろうか？　聞きたいことが次から次へと増えていく。

「では今回の襲撃はエルフが起こしたものと考えていいみたいですね。それと精霊と神樹の加護について、詳しく教えてくれますか？」

「精霊に関しては、エルフの里にいる神樹《しんじゅ》の巫女《みこ》がその声を聞いてお告《つ》げを下します。この世界には精霊はどこにでもいるものの、滅多に人と関わることはありません。しかし神樹に異常が発生したり、里に危機が迫《せま》ったりするとお告げを下すと言われています」

ほうほう、精霊は俺達が見えないだけで、どこにでもいるのか。

だから俺達の内情やら王都に行っていたことがバレていたのか。

これはなんとかしないと、こちらの情報が筒抜《つつぬ》けになる可能性があるな。

「加護については、魔石に神樹の加護を付与すると魔物が寄って来なくなり、さらに外敵からは見えにくくなる特性があります。そのおかげで、大森林の中でも安心して暮らしていけます。それで、周囲の集落はエルフの庇護を求めるのです」

凄いな、そんな物があるなら俺達もぜひ欲しい。

一つくらい分けてもらえないだろうか？

だが、これでゴブ一朗達が探索で他の集落を見つけられない理由が判明した。

「そんな便利な物があるんですね。しかし、それほど周囲に影響を与えているエルフ達が、多少調和を乱した程度でわざわざ私達を襲撃するでしょうか？」

帝国をはじめ、大森林にちょっかいを出している国や集落ならいくらでもあると思うのだが……

「自分も詳しくはわかりません。しかし、神樹の魔力が衰《おとろ》えて枯れはじめたのが大きな要因だと思われます」

神樹が枯れる？

それこそ冤罪だ。

神樹なんて見たこともないし、衰える理由を作った記憶もない。

勘違いではないのか？

「それを私達がやったという証拠はあるのですか？」

「わかりません。巫女の証言に基《もと》づいて襲撃が実行されたことは確かですが……」

ふむ、なら今回襲撃の原因はその巫女だと言っても過言《かごん》ではないな。

勘違いしているだけなら話をしてどうにか誤解を解きたい。

「その巫女と私達が話すことは可能ですか？」

「無理だと思います。基本的に里の奥から出てこないので……」

そうか、ならこのまま放置もできないし、何か手を考えないといけないな。

俺は他の亜人からも情報が聞けないか、時間が許す限り話を続けた。

＊＊＊＊

翌日、俺は一人で寝床に籠ってランカ達が売る商品を作っていた。

何故のんびりと売り物を作っているかというと、ギーク達が自分の集落に戻るのに四日ほどかかる見込みだからである。

襲撃に関してはこちらに被害はほとんどなかったし、一応キラースネークの巳朗《しろう》とゴブリンアサシンが尾行しているから、何か報告が来るまで俺達は待機というわけだ。

昨日召喚した亜人達は、主にエルフの里の周囲から集められた者達らしいということがわかった。彼らは周囲に認識阻害《そがい》の結界を張《は》り巡《めぐ》らせ、細々と暮らしているみたいだ。

エルフの里自体はこの拠点から北東に徒歩《とほ》で約四日進んだ先にあるそうだ。最近よく遠《えん》征《せい》に行くゴブ一朗達に確認を取ったが、やはりそのような大規模な集落群《ぐん》は見たことがないらしい。

ゴブ一朗達でも見つけられないほどの認識阻害能力があるとは、神樹の加護は余程凄いものなのだろう。

その集落の見つけ方がまた厄介《やっかい》で、基本的に一度外に出てしまったら認識できなくなるのだそうだ。その辺りに集落があるとわかっている状態で認識阻害空間に入ると、少し奇《き》妙《みょう》な感じがする場所があるので、そこで合図を出せば迎えの者が来て中に入れるらしい。

迎えの者が招《まね》き入れなければ、たとえ目の前にあったとしても認識できず、どうやっても中に入ることはできないのだとか。

改めて聞くと、本当に凄い能力だな。

認識できないと、その人にとってそれは存在していないのと同じだろう。

俺が他の人に認識されないのと似ている。

確か『スキルブック』にも『認識阻害』スキルがあった気がするが、これを取得して魔道具を作ったり装飾品にエンチャントしたりしたら、かなり便利になるんじゃないか？

敵から認識されずこちらだけが認識できるのならば、初撃はかなり有利に撃ち込める。

さらに拠点が外敵から見つからないのなら、みんな安心して暮らしていけるだろう。

しかし、問題は味方からも認識されない可能性があることだな。

俺の『隠密』の場合は、従属化した奴らなら難《なん》なく見つけられるが、神樹の加護は一度認識の外に出たら、たとえ味方でも一切認識できなくなるようだ。

まぁ、うちはお互いの存在が認識できなくても念話があるからなんとかなりそうだけど、他の人達はパニックになるだろうな。

そもそも認識できないと、近くにいても声が聞こえなくなるのか？

検証《けんしょう》してみないとわからないが、声に意識を向けることすらできないとなると、かなり面倒だ。

街に魔道具を設置して拠点を隠蔽《いんぺい》する場合、外敵は来ないかもしれないが、外交関係がかなり不便になる。

せっかく王国に拠点を認知してもらえるところなのに、監査官や取引相手に拠点を認識してもらえないんじゃあ意味がない。今後の交易に支障《ししょう》が出る可能性だってある。

拠点や住人の安全を取るか、外交を取るか、非常に悩ましい。とりあえず一回試験品を作って、動作を確かめてみないとな。

そう一人で結論付け、俺は手元の装飾品を見た。

うん、相変わらず見栄《みば》えのしないシンプルな腕輪だ。

自分のセンスのなさに絶望《ぜつぼう》したくなる。

それでも、王国ではジャック達も頑張っているだろうし、俺もサボっているわけにはいかない。

当初ランカ達に渡す予定だったのは拠点で運用開始している魔道具だが、それ以外にも色々と用意してみた。

『鑑定の腕輪』に『念話の腕輪』、その他各強化系スキルの腕輪等だ。

新たに『エンチャント』でスキルを装飾品に付与できるようになったから、一気に作れる物の幅が広がった。

一応ジャックの忠告に従って全てレベルは低めにしてある。

中でも俺のオススメは、魔法が使えない人間が魔法を使えるようになる『魔力操作』と、各種属性の魔法スキルの腕輪セットだ。

この世界にはスキルがなくて魔法が使えない人間がそれなりにいるので、需要《じゅよう》はあると思う。

魔法がない世界から来た俺が初めて魔法を使った時でもかなり嬉しかったんだから、周囲で当たり前に魔法が使われる世界で過ごした人は、自分が使えない魔法に人一倍憧れがあるだろう。

俺なら間違いなく買うね。

ただ、不慣れな人が魔法を使うと魔力切れを起こす可能性がある。気分が悪くなっても使い続ける人間はそういないと思うが、一応売る際に使用上の注意を明記しておこう。

あと『念話の腕輪』なんかもメイン商品の一つだ。

一応レベルを調整した腕輪を二〜五対まで用意した。これで十メートルの距離で念話が可能だ。

性能はかなり制限したものの、念話なら周りに聞かれる心配はないし、雑音が多くても聞き漏らすことがないから、状況によっては非常に便利だ。

商店の運営に使ったり、冒険者パーティーが戦闘中の連絡用に使ったり、色々役に立つだろう。

心配なのは、うちの奴らみたいに内緒話をする人間が増えそうなのと、犯罪の道具になる可能性があるので、悪用する者が多いようなら、販売は中止しよう。

しかし、スキルを組み合わせて商品を考えるのは非常に面白い。

こういうのは『強奪』で多数のスキルを所持しているリンが詳しそうだから、ちょっと意見を聞いてみるか。

俺は魔道具と装飾品を作りながら、リンに寝床に来るように念話をした。

しばらくして、リンが寝床にやって来たのだが、何故か彼女は下着同然の薄着で、恥ずかしそうに俯《うつむ》きながら突っ立っている。

風呂上がりらしく、顔や全身がほんのり赤い。入浴中に俺の念話を受けて、慌てて来たってところか？

「リン、そんな薄着のままだと風邪《かぜ》引くんじゃないか？　待っていてやるから、着替えてきたらどうだ？」

疑問に思いながらそう告げると、リンは目をパチクリして俺の顔を覗き込む。

「いや、装飾品にエンチャントするスキルについて意見を聞きたくてさ。長くなりそうだし……」

と、今回の目的を告げると、リンはいきなり大粒《おおつぶ》の涙を流しはじめた。

……って、ええ⁉

泣く理由もわからないし、どうしていいかもわからない。

困惑していると、すぐにエレナとマリアが駆けつけてリンを宥《なだ》めてくれた。

しかし、その後何故か二人の説教が始まった。

「ケンゴ様、もう少しご自分の立場を考えて行動してください。リンがどういう気持ちでここに来たか、わかっているんですか⁉」

「いや、気持ちも何も、ちょっと話をだな……」

「ケンゴ様でも理解できるように説明しますから、まずそこに正座してください」

エレナとマリアにさんざん絞《しぼ》られて、ようやく俺も状況を把握した。

リンを勘違いさせてしまったのは悪いと思うが、そういうことをするために呼ぶなら、こんな『土魔法』で作った寝床じゃなくて、新しく作った屋敷の方に呼ぶだろうに……

そもそも、リンもマリアもまだ子供だ。

そんな俺の言い分はことごとく突っぱねられ、結局今度王都のお菓子屋さんにみんなを連れて行くことで話がまとまった。

なんでリンのお詫《わ》びにエレナやマリアもついて来るのかわからないが、そこをツッコんだら説教がさらに長くなりそうだったから諦めた。

女性とは本当に謎が多い生き物だ。

＊＊＊＊

亜人の襲撃から四日経った。

情報収集のために召喚した亜人達は、用が済んだ後はいつも通りうちの拠点で受け入れた。

集落に残した家族と会いたがる者も多かったが、エルフ関係が片付くまで自粛《じしゅく》してもらっている。

先日『認識阻害（必要値１５０）』をＬＶ５取得して、それらの効果を付けた魔道具と装飾品を作ってみたのだが、予想していた通り使い勝手が悪かった。

試しにエレナ達に装備してもらったところ、念話で会話はできるのだが、とにかく相手を認識できないせいで連携などが全く上手くいかない。戦闘はもちろん、生活をしていく中でも互いに認識を欠いた状態は本当に不便が多いようだ。

あまりに使えないのでお蔵入《くらい》りにしようかと思ったが、尾行には有用なので、巳朗達が帰って来たら渡そうと思っている。

拠点強化の代替案としてエルフ達から障壁系のスキルがあることを教えてもらった。『スキルブック』を探すと『魔力障壁』と『物理障壁』（共に必要値１００）が見つかったので、両方ＬＶ１０まで取得して、魔道具を作った。

このスキルはＬＶ１０の段階で物理攻撃や魔法ダメージを八割カットしてくれるので、防御力強化にうってつけだ。さらに設置した場所から円形に障壁が張られるから、上空もカバーできる点が良い。拠点を覆うようにたくさん作って魔道具を各所に設置しておいた。

装飾品にしてゴブ一朗達に装備させれば、防御力が跳《は》ね上がるだろう。

最近大森林の中心部に行こうとしているから、少しでも安全に狩りができるように補強《ほきょう》しておきたい。

それにしても、そろそろギーク達が自分の集落に戻ってもいい頃なのだが、あいつらはまだ着かないのだろうか？

ジャック達には襲撃の事後処理が終わってから迎えに行くと言っていたけれど、向こうの話が纏まって用事が済んだと連絡があったので、先にみんなを拠点に連れてきてしまった。

俺の転移で拠点に到着したクリスが、辺りを見渡して驚きの声を漏らす。

「これは……凄いですね。事前にお話は伺《うかが》っていましたが、この拠点では本当に魔物と人間が共存しているなんて……」

広場では人間の職人とゴブリンがごく自然に協力して資材を運び入れている。

街で暮らす普通の人間の目には、異様な光景に映るだろう。

「俺の能力で紋様を付与した者は魔物と会話が通じるから、それが可能になっているんだ。見た目は怖い奴が多いけど、個性豊かな連中で、案外気さくな奴とか、さみしがり屋もいて、印象が変わると思うよ。後で誰か通訳を捕《つか》まえて話しかけてみるといい」

「はい、まだ少し怖いですが、後でそうさせていただきます。しかし紋様がある者が魔物達と会話ができるということですが、その能力で私に紋様を付けることはできないのでしょうか？」

やはり聞いてくるよな……

悩ましいが、俺としてはできれば王女様には従属化しないでほしい。

俺の意思に少なからず影響されてしまうからな。

最近人間も増えてきたから、通訳できる奴はそこら中にいるし、焦って従属化する必要はない。

「できない事はないけど、紋様を付けるのは代償が必要なんだ。一生に関わる問題だし、ゆっくり考えてから決めよう」

「そうですか……一度魔物さん達と話をしてみたかったので残念ですが、今は諦めます。

それで、私は何をすればいいのでしょうか?」

「以前も言った通り、特にこれといってやることはないんだ。俺達もここで気楽に暮らしているだけだしね。クリスも肩の力を抜いて、普通に暮らしてくれればいい。有事の際は力を借りるかもしれないけれどね。詳しいことはエレナから聞いてくれ。エレナもそれで問題ないよな?」

「はい、私の方で少し言い聞かせておきます」

「わかりました。至らぬことが多いとは思いますが、どうぞよろしくお願いいたします」

エレナは早速クリスを引き連れどこかに行ってしまった。

恐らく拠点の説明をするってことだと思うが〝言い聞かせる〟って言い方をしていたのが少し不安だ。

「ジャック、王国では何も問題はなかったのか?」

「はい、メルドさんが警戒していましたが、特に私達を襲撃する動きはありませんでした。ただ、王国内にも私達を良く思わない人間は多少いるようなので、今後も警戒を続けます」

やはり王国にもそういう勢力がいるのか。

謁見でクリスを要求した話になった時なんか、王様にすら食ってかかる奴がいたから、その辺りもかなり怪しい。

「そうか、用心棒を何人かランカ達の所に派遣した方が良さそうだな。それで、交渉事はどんな感じに落ち着いたんだ？」

「まず監査官がこちらに派遣される日程が決まりました。戦勝の式典が全て終わってから出立《しゅったつ》するので、こちらに来るのは二週間ほどかかる予定です。次に物資に関してですが、量と期間の目処《めど》が付いたので、今後王都で店を開くランカさん経由で定期的にこちらに送られる予定です。店舗《てんぽ》については一昨日私の方で候補地《こうほち》を確認し、ランカさん達に知らせました」

ほうほう、監査官がこの拠点に来る日が決まったのか。

大森林を抜けられるか心配だが、転移で連れてきてしまっては位置がわからないので調査にならない。頑張って来てもらうしかない。

それにしても、土地と建物に関しての用意が異様に早い気がするな。頼んだ次の日に用意してくるとは思わなかった。

王様の『鑑定の腕輪』に対する期待値がかなり高い気がする。

最初に王国に融通してほしいと言っていたし、後で納品する分を作っておこう。

「それから、ご主人様が希望された紹介状は、クリス様が陛下から預かっていますよ」

おお、紹介状を王様に書いてもらえたのか。

先にエルフ関係のゴタゴタを解決しないといけないが、いずれ獣王国にも足を運びたいものだ。

「わかった、また細かい調整などが必要になるだろうが、今はゆっくり休んでくれ」

「ありがとうございます。ですが、こちらではまだ襲撃の事後処理が終わっていないのではないですか？」

「現状できることはやった。あとは追跡している奴らからの報告待ちだ」

神樹の加護とかいう厄介な代物《しろもの》があるので、気長《きなが》に待つしかない。

「そうですか、無事に見つかるといいですね。では私も色々と纏めることがありますので、この辺で失礼いたします」

「ああ。その前に、良く働いてくれたから報酬をやろうと思うんだが、何か欲しいものはあるか？」

「報酬ですか？」

ジャックは不思議そうに疑問を返した。

「ああ。上に立つ者として、日々働いているお前達に何か報酬を出そうと思ってな」

「それは誰かに労働の対価が欲しいと要求されたのですか？」

そう聞いたジャックの顔は、何故か少し不機嫌そうだ。こんな顔、初めて見た。

労働に対価や報酬を払うのは当たり前のことだと思うのだが、何か問題でもあるのだろうか？

「いや、毎日働いてくれているお前達に何か報いたいと思っただけだ。いつもお願い事ばかりして、俺は何もしていないからな。何か欲しいものがあれば報酬という形で用意しようと思ったんだ」

「そうですか。私達のことを考えていただき、本当にありがとうございます。ですが、私達はご主人様に仕《つか》えることが至上《しじょう》の喜びなのです。ご主人様のお役に立てているとわかるだけで、他に代えられないほどの充足感《じゅうそくかん》に包まれます。ご主人様に頼られるほど多幸感《たこうかん》が増し、自分がなんのために生きているかを実感できるのです。それは私達にとって決して変わることがない事実です。ですので、ご主人様が私達に労働の対価として報酬を支払う必要はありません」

なんだと……ついにジャックまで従属化の弊害《へいがい》っぽい、極端なセリフを口にしたぞ……

俺のことを考えて行動してくれているのはわかるが、重すぎる。

俺に頼られると幸福を感じるって、どういう状況なんだ？　全然想像できない。

もし将来俺が寿命《じゅみょう》やら何やらで死んだら、こいつらはどうするつもりなのだろうか？

ジャックやエレナみたいに思い込みが激《はげ》しいと、少し不安になる。

「そうは言うが、俺がお前達に日頃の感謝を込めて贈る場合はどうなんだ？」

「それでしたら問題ありません。ですが、ご主人様には労働に対する対価を払う義務があるという認識が広がるのは、認めるわけにはいきません。私達はそんなものを望んでいませんし、単に報酬目当てでご主人様に尽くしていると思われるのも心外です。私達は全てご主人様のために存在しているのですから」

明らかに自分よりも主人である俺のことを優先に考えている気がする。

やはり、いずれはどうにかして従属化の解除《かいじょ》を行わないといけないな。

俺の下で働いてくれるのはありがたいのだが、俺としては、みんなには自分のやりたいことや守りたいもののために働いて、人生を謳歌《おうか》してほしい。

たとえ俺のスキルの力によって復活し、生かされているのだとしても、こいつらは確かに生きているのだから、もっと自分を優先して好きなことをやってほしい。

この感じだと、いずれ俺の身に危険が迫ったら、平気で自分の命を犠牲にして助けようとしそうだ。

俺のせいで誰かが死ぬなんて、絶対に嫌だ。

「なら問題ないな。たまにはご褒美があった方がやる気が出るだろうし、俺としてもみんなの笑顔を見るのは嬉しいからな。ジャックは何か欲しいものはないのか？」

「わかりました。欲しいものはいくつかありますが、ご主人様は拠点の全ての者に今の質問をするおつもりですか？」

ああ、確かに考えていなかったが、俺一人で全ての住人の欲しいものを聞いて回るのは現実的じゃない。

何か良い手はないものだろうか？

「確かに、それは難しそうだな……」

「でしたら、一つ提案があります。その前に一つお聞きしてもよろしいでしょうか？　以前ゴブ一朗さんが言っていたのですが、ご主人様は魔石を使って私達の強化を行えるのですか？」

「ん？　お前達の強化にはいつも魔石を使っているぞ？」

「いえ、レベルが上限に達しなくても、魔石を使って強化が行えるのか？　という意味です」

ああ、そういえば確か以前ゴブ一朗達とスキルを検証したことがあったな。

「ああ、できるぞ。レベルによって魔石の消費は変動するが、量次第ではＬＶ１からでも強化可能だ」

結局魔石の消費が大きすぎるのと、ちゃんと戦闘でレベルを上げないと技術的に向上しないから使わない方針になったんだけど、それがどうかしたのだろうか？

「でしたら、魔石での強化を褒美にしてはいかがでしょうか？」

「どういうことだ？」

「魔石を必要数用意した者は、褒美としてご主人様に強化してもらえるようにするのです」

「それは褒美になるのか？」

「はい。私達は強化されると、スキルや筋力や感覚など、戦闘面以外でも多くの能力が向上します。それは即《すなわ》ち個人でできることの幅を増やし、生活を豊かにします。強化されればされるほどご主人様の役に立てる可能性も高まるので、間違いなく拠点の住人は皆喜ぶと思います」

　そうか、確かに以前はまだ拠点が小さく、魔石の収穫量も少なかったので、レベルを上げて強化した方がメリットが大きかったが、最近は魔石の収穫量も格段に上がっている。強化は戦闘以外でも生活面で役に立つのか。

「ジャック、だが魔石はどうするんだ？　用意するにもほとんど俺に献上《けんじょう》しているだろ？」

　現在は魔道具に使用する以外は大体俺のスキルポイントに還元《かんげん》している。

　拠点の奴らが持っている魔石なんてほとんどないはずだが……

「はい、それもエレナさん達と相談してご主人様に提案する予定だったのですが、魔石を通貨の代わりとして使用するのはいかがでしょうか？」

「通貨代わりに魔石を使うのか？　それで成り立つのなら別に構わないが……」

「それには先ほどの条件を認めていただかないといけないのですが、問題なく施行《しこう》できると思います。いずれ他国でも使える貨幣《かへい》を作れると理想的ですが、現状拠点内だけならそれで十分です。外貨はランカさん達が稼いでくれるので、外部との交易にはひとまずその外貨を使いましょう」

「わかった。俺は貨幣関係については詳しくないから、エレナも含めてみんなに聞いてみてから考えてもいいか？」

「はい、もちろんです」

早速念話で会議を招集《しょうしゅう》したところ、強化と魔石の通貨化は満場一致《まんじょういっち》で可決された。

総合的な能力増強にも繋がるので、魔石に余裕があればできるだけ強化した方が良いとの判断だ。

魔石の消費は大きいが、非戦闘員が捕獲《ほかく》してきたアンデッドなどを倒して地道にレベルを上げるより効率が良い。

集めた魔石は俺に六割、魔道具用に二割、拠点内の流通に二割という比率で配分するようだ。

念話で細かな説明をした後に施行したところ、すぐにみんなの動きややる気に明確な変化が出はじめた。

俺に関わることに全力で取り組んでくれるのはいつも通りとして、衣食住関連の仕事や魔石の採取、さらにランカ達に卸《おろ》す魔道具や工芸品等の生産性も上がっている。

みんなそんなに強化を望んでいたのだろうか？

広場で実施する訓練にも、レベルが上がるほど強化に必要な魔石が減ると説明してからは、以前より多くの人間が参加するようになった。

強化は等級に応じて魔石の使用量は増えていくのだが、最低の十等級でＬＶ１の場合、十等級の魔石十個で強化が可能だ。

元王国の村人などはすぐに強化できるようになるだろう。

俺もこれから忙しくなるな。

枯《か》れゆく神樹

魔石関係の会議から二日。ようやく巳朗から連絡が入った。

「ケンゴ様、どうやらギーク達が集落に到着したようです」

広場でみんなの様子を見ながら寛《くつろ》いでいた俺に、エレナが声を掛けた。

「ああ、やっとか。意外と時間がかかったな」

事前の情報では、この拠点からエルフの集落までは四日ほどの行程だったはずだが、既に六日目になる。何か問題でも起きたのか？

「巳朗の連絡では、どうやらエルフの集落は大森林の外縁部《がいえん》ではなく中間部にあるらしく、深部に近づくほど魔物による被害が出て大幅《おおはば》に遅れたようです」

「ん？　ギーク達は帰還するだけで被害が出たのか？」

「はい、そのようです。こちらに来る時は軍としての戦力が十分に備わっていましたが散り散りに敗走しているので、複数の魔物に囲まれて全滅させられた集団もいるそうです」

おお……まさか逃げた先で全滅している集団がいるのか……

これは撤退する際に合流地点を決めていなかったギークが悪いな。あいつは恐らく俺達に負けることはないと高《たか》を括《くく》っていたのだろう。

俺達みたいに念話があるならまだしも、この大森林みたいな所で通信手段もなしにはぐれたらそうそう合流できるものじゃない。

しかも周囲には魔物がうろつき、後ろからは俺達の拠点の勢力が迫ってくるかもしれない。そんな状況で孤立《こりつ》する恐怖はどれほどのものだろうか？

俺だったら間違いなく泣くね。ゴブ一朗達怖いし。

『索敵』や『危険察知』のようなスキルがあればまだなんとかなるだろうが、うちの拠点でもそんなに使い手がいないのに、亜人達が持っているとは思えない。

「それは災難《さいなん》だな。それでギーク達がたどり着いた集落はどんな感じなんだ？　神樹とかいうのがあるから、それなりの規模なのか？」

「巳朗の報告によると、森を歩いていたはずのギーク達が突然消えたらしく、集落内部は確認できていません。ただ、巳朗が見失うとは考えられないので、召喚したエルフの証言にあった認識阻害の空間に入ったと考えて間違いないかと」

ああ、そうだった。確か神樹の加護とやらで拠点の周囲には認識阻害の空間が展開されているんだったな。

しかし巳朗が相手を見失うほどの力があるとは凄いな。

いったいギーク達はどうやって自分達の集落の位置を特定しているのだろうか？

何か特別な魔道具でもあるのか？

「突然消えたってことは、周囲に違和感《いわかん》はなかったのか？」

「はい。巳朗は現在待機中ですが、どこで見失ったか詳細にはわからないそうです。周囲に変わったところはなく、相手を見失った大方の位置しかわからないので動くこともできないとのことです」

ふむ、そこまで認識が阻害されるとは……

さて、どうしよう。巳朗達が認識できないのであれば、俺達が行ってもどうにもならない可能性が高い。

召喚した他のエルフは魔道具なんて持っていなかったし、他の者が迎えに来て初めて入れるとしか言っていなかった。どうやったら俺達が中に入れる？

まずその神樹の加護とやらをなんとかしないと、近くに行っても無視されるのが落ちだ。最悪、内部から外が見えているはずだから、一方的に攻撃される恐れもある。

召喚したエルフを連れて行って相手に迎え入れてもらうか？

それとも怪しい場所を片っ端から魔法で攻撃してみるか？

考えてみても答えは出ない。

とりあえず、巳朗達と合流して現場を確認した後でまた考えるか。

「エレナ、三十分後に巳朗と合流するぞ。何が起こるかわからないから、できるだけ戦力は連れて行きたい。一緒に行ける奴を選別してくれ」

「わかりました」

エレナの返事を聞くと、俺はみんなの準備が整うまでの間、何か良いスキルがないか探すために『スキルブック』を読み込んだ。

＊＊＊＊

準備が整ったエレナ達と共に巳朗のもとへ転移すると、そこには拠点の周辺と大して変わらない景色が広がっていた。

三百六十度どこを見ても木々が鬱蒼《うっそう》と繁《しげ》り、方向感覚がわからなくなる。

しかし、僅《わず》かに空気というか漂う雰囲気が濃《こ》い気がするのは、ここがより森の中心部に近いからか？

俺は外縁部しか探索したことがないからわからないが、中間部でこれなら、中心はどうなるのだろうか？

探索するだけでもかなり疲労が溜まりそうだ。

「空気が濃い気がするな。この辺りはいつもこんなものなのか？」

俺は振り返りながら連れてきた拠点の住人達に話しかける。

『ここはまだ中間部に入ったばかりだ。奥に行けばさらに魔力の密度《みつど》は高くなる。この辺りだと狩れて八等級くらいだ』

俺の疑問にゴブ一朗がすぐに答えてくれた。

改めてついてきたメンバーを見ると、俺の後ろにはゴブ一朗を筆頭に三百人を超える人間や魔物が完全武装で待機していた。

確かに戦力が欲しいと言ったが、これは多すぎる。完全にこれから襲撃する雰囲気だ。

俺は選別してくれと言ったのであって、手当たり次第連れて来いとは言っていないぞ。

俺のすぐ隣で待機しているエレナはいつもと変わらず涼《すず》しい顔をしている。

ああ、これはわかってやっているな……

最近は元王国の人間を召喚することが多くなってきたので、それに応じて魔物を少しずつ増やしているが、そのせいで後方に控えている集団の見た目は完全にヤバい。

人間か魔物かどちらかに統一されていればまだましだったかもしれないが、魔物と人間という普段相容《あいい》れない存在が同じデザインの防具を着て待機している姿は異様だ。

俺ですらこの集団の見た目に引いているのに、これからこいつらと戦う可能性があるエルフは、いったいどんな気持ちなのだろうか？

起きてほしくない悲劇を想像しながら、俺は再び前方の森に視線を向ける。

やはり何度見ても風景に不自然なところはない。

だが、俺には一つだけ凄く引っかかっているものがある。

それは『気配察知』だ。

巳朗達は集落を見つけることはできないと言っていたが、俺の『気配察知』には先ほどから俺達以外の気配がかなりの人数引っかかっている。

恐らく件《くだん》のエルフ達だろう。

これは俺の『気配察知』のレベルが高いからだろうか？

だとしたら、この神樹の加護、『認識阻害』もあまり使えないな。

周辺にいる魔物には有効かもしれないが、もしレベルが高い強者に襲撃されたら、意味をなさない。

気配が固まっている所に広範囲の魔法などを撃ち込まれたらどうするつもりなんだ？

日頃からこの加護に頼りきりだと、中にいる奴らが外敵への対策をしているとは思えない。

俺が『爆炎魔法《ばくえんまほう》』を撃ち込めば一発だろう。

もっとも、そんなことをしたらこの大森林は火の海と化してしまうし、まだこのエルフ達も話せば友好関係を築けるかもしれないから、やらないけど。

とはいえ、軍の指揮をギーク程度の男に任せたり、俺達の戦力を詳しく調べもせずに殲《せん》滅《めつ》を決定したりする連中とまともに話ができるのか、はなはだ不安である。

　とりあえず、まずはこの神樹の加護とやらをどうにかしよう。

　いくつか考えはあるのだが、さっき言ったように魔法での殲滅はなしだ。魔法を使うにしても『気配察知』の周囲を『土魔法』で囲ってプレッシャーを掛けるくらいだな。

　だがそれで相手が出てきてくれるかはわからない。食料の蓄《たくわ》えがしっかりしていれば、引きこもる可能性もある。

　『スキルブック』で『解呪』や『術式破壊』などのスキルを見つけたのだが、それらがこの神樹の加護に効果があるかは不明だ。

　確実に呪いの類《たぐい》ではないだろうし、『術式破壊』はその術が書き込まれた媒体《ばいたい》や魔法陣等を破壊するものらしく、加護を発生させている魔石か何かに直接使わなければ効果がない。

　次に考えているのは、召喚したエルフ達を連れてきて相手に迎え入れさせる手段だ。

　これは相手の出方次第では結果が変わる。

　無視されたら終わりだからな。

　やはり確実なのは、俺が中にいるギーク達の所に転移することだろう。

　この方法であれば俺の『時空間魔法』が邪魔されなければ間違いなく中に入れる。

　『気配察知』で集落内の人間の存在がわかるくらいだから、邪魔されることはないはずだ。

しかし、マップを確認するとギークらはさっきから人が集まっている場所から動いていない。

転移のデメリットは、転移する先の情報がわからないことだよな……

いきなり敵対勢力の真っ只中《まただなか》に飛び込むのはある意味博打《ばくち》だが、とりあえず試しで俺一人中の様子を見に行って、すぐに戻ってくれば問題ないだろう。

そうと決まれば、早速エレナ達に相談だ。

「なぁエレナ、中に入る方法だが、俺が……」

「駄目です」

いや、まだ何も言っていないだろ。

「ちょっと待ってくれ、駄目って言うけど、エレナは俺が何をしようとしているのかわかるのか？」

「いえ、詳しい内容まではわかりませんが、この状況でケンゴ様が何かなさろうとする時は、大抵碌《ろく》なことではないので、動かれる前に一度提案を却下《きゃっか》しました」

なんだと……これが一番確実で被害が出ない方法だと思ったのに……

「酷《ひど》い言われようだな」

「ケンゴ様の日頃の行いの結果です。一応、提案をお聞きしますが、もし一人で先行するような内容だった場合、ケンゴ様は後方で待機していてもらいますからね？」

ぐっ、こいつ実はエスパーじゃないだろうな？

最近俺の行動がどんどん先読みされている気がする。

『予知』が使えるマリアにこっそり相談でもしているのだろうか？

「いや、相手が認識できないなら、俺がパパッと行って様子を見てこようと思ってな。俺なら『隠密』や防御系のスキルも多いし、なんとかなるだろ」

「却下です。相手の、しかも本拠地に、周囲の状況もわからないのに一人で行くつもりですか？　もし神樹の周囲では、ダンジョンのように得意の魔法が使えなかったらどうするのですか？　スキルが無効化される可能性は？　何度でも言いますが、万が一でもケンゴ様の身に危険が及ぶ可能性がある行為は認められません」

そんなの気にしていたら、俺のできることがほとんどなくなってしまう。

最近拠点での仕事がどんどん減っているというのに、有事の際すら転移で移動を担《にな》うだけだ。

アルバートが進めている転移門の量産化が実現したら、いよいよ俺の存在意義がなくなってしまう。俺だってみんなを手伝いたい。

「どうしても駄目か？」

「考え自体は間違っていないと思います。ですが、何故いつも一人で行こうとするのですか？　今回戦力として連れて来ていただいた私達はそんなに信用ならないでしょうか？」

「いや、そんなことはない。お前達以上に信用できる奴なんてこの世に存在しないと思っている」

「では、ここに来た時同様、私達もギーク達の所に連れて行ってください。私達はケンゴ様の盾であり、剣です。ご自分でなされる前に、まず私達を頼ってください」

確かに、みんなを戦力として連れて来たが、それは相手が敵意を持っていた場合に対応するためだ。

しかし今回の転移では、まず内部の状況を確認するのが目的だ。それだけならば、大人数で乗り込む必要はない。むしろ俺一人の方が効率良いと思う。

集落の中は何が起こるかわからないから心配してくれるのだろうが、人数が多いほどフォローが難しく、被害が出る可能性がある。

しかし、それが認められないならば、中途半端《ちゅうとはんぱ》な偵察や話し合いなど諦めて、少数精鋭で乗り込み、まず武力で制圧して安全を確保した上で、改めて相手との話し合いに臨むしかないか。

半ば恐喝《きょうかつ》じみているものの、向こうだっていきなり武力でこちらを排除しようとしてきたんだから、多少強引なやり方になっても仕方ない。

それにしても、大きな集団を率いるのは難しいものだな……

俺はこいつらを守るために王になることを決めた。

だがこいつらは俺を守りたいと言う。

これからもこんな危険がある度に、俺達の意見は割れるだろうか？

いつかお互いに良い妥協点が見つかるといいのだが……

「……そうだな、すまなかった」

俺はエレナに返事をして、後ろに控えているみんなにこれからの作戦を伝えるべく、念話で語りかけた。

（全員、聞いているか？　これから転移でギークのもとに乗り込み、襲撃を仕掛けるぞ。その前に、何か意見がある奴や気づいたことがある奴はいるか？）

（『俺達では認識すらできない状況だ。転移で内部から攻められるのならばそれに越したことはない。全員で攻めるのか？』）

エレナの通訳を介して、ゴブ一朗が返事をした。

（いや、内部がどうなっているかわからないから、転移するのは俺が一瞬で回収できる人数、その上何か問題が発生しても自分で対処できる奴に限る）

（『それだと、できることが限られるぞ？』）

（ああ、構わない。無理に制圧するつもりではないからな。内部の状況把握と転移箇所に簡易拠点の設置、可能なら誰かに残った外の連中を迎え入れに行かせたい）

（『了解した。では選別は俺がやろう。他の者は中に入れるまで待機か？』）

（恐らく拠点の中からは外の様子を把握できているはずだから、俺達が内部に転移したら外に残った者には陽動《ようどう》を頼みたい。それに、何かあったらすぐ戻るから、そのフォローもだ。どんな状況にも対応できるように準備しておいてくれ）

（『わかった。すぐに選別と割り振りを決める。少し時間をくれ』）

（ああ、頼む）

ゴブ一朗に返事をすると、俺は再びマップを開いてギークの状況を確認する。

相変わらず彼の周辺にはそれなりの人間が集まっているようだが、いったいどういう状況なんだ？

別に隊列を組んでいたり動き回ったりしているわけではない。

会議でもしているのだろうか？

まぁ、これから攻める場所にあまり先入観《せんにゅうかん》を持ちすぎると予定外のことがあった場合にかえって動けなくなる。とりあえずは起こったことに臨機応変に対応する方向で考えておこう。

それにしても、後ろで選別しているゴブ一朗達が静かすぎる。結構な人数がいるのにみんな無言だ。

間違いなく念話だろう。

みんな普段から内緒話をしているみたいだしな。俺以外と……

若干寂《さび》しい気持ちになっていると、エレナが声を掛けてきた。

「ケンゴ様、ありがとうございます」

「ん？　どうかしたのか？」

「いえ、私の意見を聞いてくださったので、一言お礼を言っておこうと思いまして」

「気にしなくていいぞ。確かに俺がお前達の頭だからな、独断専行《どくだんせんこう》するのは間違っている」

「ケンゴ様が私達のことを常に考えてくださっていることは重々承知しています。しかし、やはり危険が伴うとなると、どうしても止めざるえません。そうでなくともケンゴ様は普段からご自身の身を顧《かえり》みずに先行するきらいがあるので……」

「そうだな、いつも迷惑を掛けてすまないと思っているよ」

「いえ、ただ私はケンゴ様にもっとご自身を大事にしていただきたいだけです。せめて常に私達の誰かを側に置いてください。もうあのダンジョンで感じたような思いはしたくありません」

そう話すエレナの表情はどこか悲しげだ。

彼女の言うダンジョンとは、恐らく以前マリアとリンをスキルに慣れさせるために行った場所のことだろう。

エレナはあのダンジョンで俺がリンを助けるために穴に飛び降りたのを、未だに気にしているようだ。

あれから彼女は間違いなく厳しくなったと思う。

確かに、魔物が溢れるダンジョンで、先に何があるかわからない穴に、大事に思っている人間が飛び降りていったらトラウマになるかもしれない。

それも自分の力ではどうにもできない状況だとなおさらだ。

もし自分の立場に置き換えると、エレナが感じた辛さがわかる。あの時はリンを助けるために必要だった事とはいえ、悪いことをしたな。

一言、エレナに大丈夫だと声を掛けるだけでも違ったのかもしれない。

この世界に来て数ヵ月で一気に生活が変わったから、俺はまだよくわかっていなかったのかもしれないな。エレナ達のことを家族や仲間だと思っていたのに、その相手を不安にさせているようでは意味がない。

何かあったら相談するのも大事だが、俺が何かしてもみんなが安心して任せられるようにならないといけない。

「ダンジョンか……エレナは俺が信用できないのか？」

「いえ、信用できないわけではありません。ただケンゴ様はいつも突然いなくなるので、少し不安に感じてしまうだけです」

そういうところがあるから信用できないんだろうな……

まぁ、これに関しては自分の日頃の行いが招いた結果だから百パーセント俺が悪い。

頑張ろう……

「そうか、すまなかったな。これからはできるだけ相談するし、一人で動かないようにする。だがその代わり、エレナ達ももっと気軽に俺に相談してくれ。結構俺に報告してないこと、多いだろ？」

「重要な案件は全て報告していると思いますが……」

「なら、これからは重要じゃないことも教えてくれ。最近は自分の拠点の内情すら詳しく知らないくらいだからな。頼むよ」

「わかりました。ケンゴ様もさっきの話、どうぞよろしくお願いします」

「ああ、わかった」

これからお互いの意見を交換して、少しずつ関係を改善していこう。

その時間はいくらでもあるからな。

俺がエレナ達との未来に思いを馳《は》せていると、ゴブ一朗から連絡があった。

『選別が終わったぞ。準備も問題ない、行くか？』

「ああ。ゴブ一朗、連れて行くのはこれだけか？」

ゴブ一朗の後ろには、三十人ほどの武装した拠点の住人がいた。

『そうだ、最低でも自分で対処できる奴と言ったのは主だろ？』

うん、いつもと変わらない顔ぶれだな。

何か起きても最低限臨機応変に動ける人物となると、必然的に等級が高い者となる。

そうなるとやはり拠点で初期に召喚したメンバーが大半を占めるのは仕方がない。

「ポチは行かないのか？」

『我は外で陽動を担当する』

『主力級はあっちに連れて行くからな。陽動程度なら、等級が低い奴が多くてもポチがいれば上手くやるだろう』

そういうことか。それにしても最近は初めに召喚したゴブ一朗、ポチ、うさ吉の三匹で動いているところを見なくなったな。

今回、うさ吉は拠点の守りの方についてもらっているし、拠点の住人が増えるにしたがって、それに指示を出せる者が必要になるから、行動を共にできないのは仕方がない。

見た目はかなり変わってしまったが、拠点で召喚して初めて探索をした時のあいつらの一喜一憂《いっきいちゆう》していた顔が懐《なつ》かしい。

「わかった。それで、なんでもう一組分かれているんだ？」

『これは増援《ぞうえん》だ。転移後の状況次第では逃げるか増援を呼ぶか決める。橋頭堡《きょうとうほ》を築いたら、そこを守るためにも増援は必要だからな。その指揮はカシムに任せてある』

この三匹ほどではないけれど、エレナの父のカシムも古参《こさん》で、主に人間側の人員をよくまとめてくれている。

「増援と言っても、状況次第では待機するだけですし、動く場合でもケンゴ様に迎えに来てもらわなければいけないので、あまりお役に立てそうにありませんが……」

「いや、それがカシム達の役目だろ？　後詰《ごづ》めがあるのとないのでは、作戦自体も変わってくる。気にせず準備をしていてくれ」

「わかりました。ありがとうございます」

「それじゃあ行くか、ゴブ一朗」

『ああ。だが主よ、これだけは約束してくれ。もし俺達に何かあっても、俺が逃げろと言ったらちゃんと逃げろよ？』

「ん？　いや、まずその〝何か〟を排除する方法を考え……」

『約束できないなら、この作戦はなしだ』

「なし⁉　せっかくゴブ一朗達も準備したのにか？」

まず逃げるよりもその何かを排除する方法を探した方が良いと思うのだが……

そんな俺の質問に、ゴブ一朗は黙って首を横に振って応えた。

「わかったよ。なるべく善処《ぜんしょ》しよう」

『その時は力ずくでも逃がすからな』

ゴブ一朗が力ずくになったら、俺が怪我するのではないだろうか？

できればお手柔らかにお願いしたい。

「それじゃ、今度こそ行くぞ」

そう言うと、俺はゴブ一朗達を連れてギークのもとに転移した。

＊＊＊＊

直後、視界が大森林から突然どこかの広い建物の中へと変わる。

そこにはギーク達数人を取り囲むように、十人のエルフがいた。

その後ろには、護衛らしき武装をしたエルフや亜人の姿も見える。

ぱっと見、裁判のように見えるが、ギークに今回の襲撃の内容でも聞いているのだろうか？

とりあえず、制圧してから事情を聞こう。

俺が周囲を窺って考えている間に、既にゴブ一朗達が動き出していた。

一番手前にいたギーク達がゴブ一朗に殴《なぐ》られて纏めて吹き飛んだ。

全員床に叩きつけられて白目を剥《む》いている。

おいおい、なるべく殺さないように言っておいたんだが、あの吹き飛び方じゃ死んでもおかしくないぞ。

しばし呆然《ぼうぜん》と立ち尽くしていたエルフ達だが、ようやく状況を呑み込めたのか、それぞれ動き出した。

「ぜ、全員警戒‼　それぞれで応戦しろ‼　敵襲だ‼」

どうやら俺達の奇襲に浮き足立っている上に指揮する人間が多すぎるらしく、あちこちで指示が飛び交っていて、武装した護衛は誰に従えば良いかわからずに困惑している様子だ。

おいおい、ゴブ一朗達を前にそんな状況で大丈夫か？

ゴブ一朗達はいつも念話で確実に指示を出しているおかげで、行動が迅速《じんそく》だ。上に不要な意見を言う奴もいないので、命令系統も完璧だしな。

「なんだ‼　突然なんなんだ‼　おい‼　早くこいつらを……」

周りが動いてくれるのを待っているエルフは真っ先に狙われる。

武装した護衛達はなんとか指揮官のエルフ達を守ろうと動いているが、行動に移る前に切り伏せられたり、俺特製の土武器を投擲《とうてき》されたりしている。

恐らくマリアが『予知』で危険な動きを察知して指示を出しているのだろう。

なるべく殺さないようにとは言ったが、ゴブ一朗達は武器を持った相手は容赦なく殺している。

自衛《じえい》が最優先だから仕方がないとはいえ……こんなんじゃ、後で穏便に交渉するのは無理じゃないかな？

「貴様らは何者だ‼」

ギークを囲んでいたエルフの一人が声を荒らげて誰何《すいか》してくるが、ゴブ一朗達は誰一人として答えない。

魔物勢が主力となって襲撃しているのに、このエルフは言葉が通じると思っているのだろうか？

俺もたまにやるが、向こうの言葉を聞いても全然理解できないぞ？

しかも、ゴブ一朗達は基本念話で会話しているから、襲撃の際でもかなり静かだ。

おかげで、建物内に響く音はエルフの叫び声や悲鳴ばかり。

「誰かこいつらをどうにかできる奴はいないのか⁉　早く‼　早くどうにかしろ‼」

よく見ると、我先に逃げ出した奴もいるみたいだな。

もうすぐ制圧が終わるが……やばい、また俺、何もしていない。

そういえば、エレナも俺の隣で襲撃の様子を見守っている。

「なぁ、エレナは戦闘に参加しないのか？」

「私はケンゴ様の護衛と制止役です。ケンゴ様が動きそうなら、すぐに止めろと言われています」

ぐっ、ゴブ一朗の奴、抜かりがないな。

（『主よ、聞こえるか？　もうじき制圧が終わる。カシム達を呼んで来てくれ』）

そうこうしていると、ゴブ一朗から念話が来た。

戦闘面では最近本当に俺の出る幕はないな。

完全に移動係だ。

まぁ、それでも後方待機と言われるよりはずっとマシか。

自分にそう言い聞かせ、俺はカシム達を迎えに行くために神樹の加護の外へと再び転移した。

＊＊＊＊

カシム達を連れて戻ると、建物の中は既にゴブ一朗達により制圧が終わっていた。

生き残ったエルフは部屋の一画に纏めて縛られているが、ゴブ一朗達の姿が見えない。

「あれ？　ゴブ一朗達はどこに行ったんだ？」

俺の質問にエレナが答える。

「逃げた者の追跡及び、外部の状況確認と制圧に向かいました」

「エレナ達を残して？」

「はい、この建物には捕縛《ほばく》した者以外の気配はありません。それに、ポチ先輩の陽動が効いて意識が外部に向いている今ならば、動きやすいと思われます」

「そうか。それで、俺達は何をすればいい？」

「ケンゴ様は事情聴取を、父さん達は死体の処理とこの建物の防衛、警戒をお願いします」

エレナの要請《ようせい》を聞いたカシムが即座に指示を出す。

「わかった。全員、打ち合わせ通りに配置につけ！　何かあったら些細《ささい》なことでも報告しろ！　警戒班以外は私と死体の処理、及びケンゴ様の警護《けいご》に当たるぞ！」

連れてきた部隊はスムーズに分かれてそれぞれの仕事に取り掛かる。

カシムは拠点でリーダー会議に出席するだけあって、さすがに指揮もしっかりしている。

さて、俺は事情聴取らしいが、誰か目ぼしい奴がいるのだろうか？

「エレナ、俺は誰に事情聴取すればいい？　召喚した奴ら以外で俺が上手く事情聴取できたためしはないぞ？」

「生きている者への聴取は私達が行います。ケンゴ様は遺体《いたい》から魔石を剥ぎ取り、周囲の安全が確認でき次第お願いします」

「ああ、それなら問題ない」

こちらに被害が出ないように、抵抗したり攻撃してきたりした者は容赦しないように伝えているが、予想以上に死体が多い。この建物には当初予想していたよりも武装した相手が多かったようだ。

ギーク達の様子を見ると、ここは裁判所か何かで、エルフのお偉方《えらがた》に報告していたか、尋問されていた可能性が高い。

もしここが例の議会だったら、さすがにやりすぎてしまったから、交渉で穏便に済ませるのはもう不可能だな……

そんな中、気絶《きぜつ》していたギークが意識を取り戻したらしく、エレナを見つけて驚愕の声を上げる。

「き、貴様……あの時の女⁉　どうしてこの場所がわかった⁉」

凄いな、あれほど盛大《せいだい》に吹き飛ばされていたのに、ギークはピンピンしている。恐らくゴブ一朗が手加減をしたのだろうが、手の抜き方が絶妙《ぜつみょう》だ。てっきり殺すことに特化しているかと思えば、こういう芸当もできるなんて、隙がないな。

「あなたが教えてくれたんでしょう？　ギークさん」

エレナの言葉を聞いて、ギークと一緒に捕らえられていた男が血相《けっそう》を変える。

「ギーク‼　お前まさかっ‼」

「違います！　族長！　私は無実です‼」

「だが、現に賊《ぞく》の侵入を許しているではないか‼　神樹の加護がある限り、誰かが招かねばこの集落に入ることは不可能なはずだ‼」

可哀想に、ギークがあらぬ疑いを掛けられている。

問題が解決したら加護は全てを防ぐ物ではないと教えてあげよう。

「確かに、私達はギークさんがいなければこの集落に入ることは不可能でしたね」

「黙れ、女!!　……聞いてください族長！　私は本当に……」

「くどいぞ!!　貴様の弁明はもう聞かん!!」

「そ、そんな……」

項垂《うなだ》れるギークなどお構いなしに、エレナは平常運転だ。

「話は終わりましたか？　そろそろ今後の話をしたいと思うのですが、あなたがこの集落の代表ということでよろしいでしょうか？」

ギークが族長と呼んだ男が、エレナに答える。

「……私がこの集落の長《おさ》をしているガルアだ。お前達は先日ギークが襲撃した集落の者のようだが、何が目的だ？　報復《ほうふく》か？」

「報復？　違いますよ。今後、あなた達が私達の邪魔になる可能性があるので、排除しにきたんですよ」

「……なっ!!」

ちょっと待て、排除ってなんだ、排除って。

俺の予定では、相手がこちらを殲滅する気なのであれば話し合って諦めてもらうか、どこかうちとは関わらないで済む場所に移動してくれるようにお願いするつもりだったのだが？

エレナの言い方だと、完全に殲滅目的で来たみたいじゃないか。

お願いだからもう少しオブラートに包んでくれ。

「では、この集落の者を他の集落と同じように全て虐殺するつもりかっ‼」

「それはあなた達次第ですよ」

エレナは部屋の隅に座らされているエルフを威圧的に見下《みお》ろす。

するとこの険悪《けんあく》な雰囲気をまるで気にせず、無邪気《むじゃき》に手を挙げる奴がいた。

リンだ。

「リン、どうかしたのですか？」

「はい！　エレナさん、以前、会議で敵を捕縛した際の決まりを作りましたよね？　この人達のスキルは奪わなくていいんですか？　ゴブ一朗先輩はどんな時でも慢心《まんしん》するなと言っていた気がするのですが……」

「ああ、そうでした。リン、よく教えてくれましたね。これで問題が起こったらゴブ一朗先輩達に怒られるところでした」

「じゃあ、早速この人達のスキル奪っちゃいますね！」

「ええ、マリアも周囲の索敵と『予知』による警戒をお願いします」

「大丈夫です。既に警戒していますよ。エレナさんは本当にケンゴ様の前ではたまに抜けますね。交渉も言わなくてもいいことで煽《あお》っていますし、少し浮かれすぎですよ」

マリアに指摘されたのが恥ずかしいのか、エレナはそっぽを向いてしまった。

それにしても、エレナが浮かれすぎとはどういう意味だ？

それであんな威圧的な態度なら、あいつの浮かれ方はいったいどうなっているのだろうか？

エレナに衝撃を受けている俺とは別に、エルフ達の間にも衝撃が広がっていた。

「スキルを奪うだと……？」

「ええ、これからあなた達が持つ全てのスキルを奪います。今後あなた方は全員、スキルのない無能者になっていただきます」

エレナは容赦なくそう宣言した。

「い、嫌だ‼」

「お願いだ！　やめてくれ‼」

エレナに目で合図されたリンは、見た目からは想像できないほどの膂力《りょりょく》で一人目の犠牲者の肩を押さえつけ、スキルを奪っていく。

「駄目だよ！　動くと押さえるのが大変なんだから、じっとしていてよ！」

阿鼻叫喚《あびきょうかん》の光景を見守りながら、俺はマリアに小声で問いかける。

「なぁマリア、念のためだとはわかるがスキルを奪うのはやりすぎじゃないか？　ほら、エルフ達も縛られて完全に動けないみたいだし」

「ケンゴ様、駄目ですよ。ゴブ一朗先輩やうさ吉先輩から、敵対した相手には容赦するなと言われています。生きたまま捕縛した場合は、徹底的に戦力を削《そ》ぐように厳命《げんめい》されていますので、申し訳ありませんが、その提案を聞くことはできません」

「だけど今回は話し合って解決する余地があるかもしれないし、エルフ達も今後生活する上でスキルがないと色々不便じゃないか？」

「それでもです。一度でも敵対したのであれば、将来の禍根《かこん》とならないように徹底すべきだと思います。私達は万が一にもケンゴ様に被害を出すわけにはいきません。以前は私やリンも少しやり過ぎじゃないかと思っていましたが、最近になってようやく理解できました。ゴブ一朗先輩達が正しいのだと」

　ゴブ一朗達が正しい、か……。

　完全にエレナ達の影響を受けはじめて、人間よりも魔物寄りの考え方になっている。良くない兆候《ちょうこう》だな。

　この世界はスキルが生活や職業に密接《みっせつ》に結びついている。そのスキルが使用できなくなったら、生活に支障が出るだろう。

　もし交渉でどこかに移動してもらっても、一生恨まれそうだ。

そもそも、ゴブ一朗達は俺の安全のことになると、警戒が過剰《かじょう》になる気がする。

まぁ、全部俺が頼りないせいかもしれないから、今後少しでもしっかりしているところを見せれば変わっていくのだろうか？

頑張ろう。

「リン、スキルを奪い終わるまで、あとどれくらい時間が掛かりますか？」

作業を続けるリンに、エレナが聞いた。

「もう少し掛かるかも。スキルはそんなに強くないけど、数が結構あるから……」

「そうですか。ではその間に少し話でもしましょうか。ガルアさん……でしたか？　まず、何故今回私達の拠点を襲ったのか教えていただけますか？　しかも、議会とやらで私達を殲滅すると決めたらしいですね？　どうしてそのような結論に至ったのでしょうか？」

「……それに答えたら、ここにいる者の残りのスキルと命は保証してくれるのか？」

「あなたは自分が置かれた状況を把握していないのですか？　こちらはあなた達を殲滅しても構わないのですよ？　ただ、私達の主様はお優《やさ》しい方なので、あなた方の出方次第によっては生かしておいてもいいとおっしゃっていました」

おい、殲滅ってなんだ、殲滅って。

いきなり物騒になったな。

まぁ、既に襲撃しているから穏便には済まないと思っていたが、俺はこの集落に住む無抵抗な女子供まで殺すつもりはないぞ？

俺を置いてけぼりにして、ガルアとエレナの会話は続く。

「それは本当だな？」

「ええ、確かです」

「なら質問に答えよう。お前達の拠点襲撃を決めたのは、確かに我々だ。だがその決定を下す理由は、お前達が大森林の調和を乱したからだ。我々は大森林とそこに住む者を守るために行動したまでだ」

「それはあなた達の視点での話ですよね？　私達は別に大森林の調和を乱したつもりはありませんよ」

「確かに、我々の主観《しゅかん》かもしれんが、他の集落や精霊達に被害が出ているのは事実だ。神樹も枯れはじめているという状況で、我々が動かなくて、誰がこの森を守る？」

「結果として、それがあなた達の全滅に繋がってもですか？」

「お前達の強さは予想を遥かに超えていたが、それでも我々の決定は変わらなかっただろう。相手に怯えて逃げるようでは、森の守護者とは言えんからな」

ふむ、森の守護者か……初めて聞いた。

話を聞いている限りでは、このエルフ達は決して悪意のある人達ではないみたいだ。

お互いに譲れないものはあるかもしれないが、話し合えば妥協点が見つかるのではないだろうか?

「言い分はわかりました。では、その集落や精霊の被害を、あなたは自分の目で確認したのですか?」

「いや、確認はしていないが、神樹の巫女のお告げがあった。神樹に異常があり、その理由は大森林の調和を乱す者が出現したからと精霊からお告げがあったそうだ。今まで巫女のお告げが外れたことは一度もない」

ふむ、どうもその神樹の巫女が元凶《げんきょう》っぽいな。

しかし、巫女はなんで神樹の異常の原因が俺達だと言ったんだ?

多少やらかしているかもしれないが、恐らく関係ない……と信じたい。

「そうですか、ではその巫女と話をしなければなりませんね。その人は今どこにいるのですか?」

「この集落から半日ほど行った先にある、神樹《しんじゅ》の社《やしろ》だ」

「……本当ですね?」

「ああ、嘘は言っていない。これで本当に集落の殲滅は考え直してくれるのか?」

「それはあなた達の行動次第ですよ」

と、そこでエレナはガルアとの会話を中断してギークに視線を転じた。

「ところでギークさん、先ほどから外を気にしているようですが、どうかされたのですか？」

「ふっ、お前は族長がタダで話していたと思っているのか？」

「おい、ギーク‼　黙れ‼」

突然、小者感満載《まんさい》のセリフを言いはじめたギークを、ガルアが叱責《しっせき》した。

何か策でも用意していたのだろうか？

「どういう意味でしょうか？」

エレナに問われたギークが勝ち誇る。

「この集落にはエルフの中でも有数の手練《てだ》れが何人もいる。どうやってこの集落に侵入したかはわからないが、お前達の命もあと僅かだ。早く逃げた方がいいんじゃないのか？」

「お気遣いありがとうございます。ですが、無用な心配です」

「どういうことだ⁉」

「私達が悠長《ゆうちょう》にあなた達からスキルを奪い、会話をしていると思っているのですか？」

「ま、まさかっ！」

「ええ。既に私達の別働隊が集落の外周を包囲していますし、この屋敷の周辺はもちろん、集落の各方面に先ほどの魔物の部隊が制圧に向かっています。人数は少ないですが、外部の者を手引きする部隊も移動しているので、じきにこの集落は陥落《かんらく》するでしょう」

「そんな……エルフの精鋭がやられるはずが……」

「多少強い個体が出現したと報告がありましたが、それのことならもう制圧済みです。この集落は加護の恩恵のおかげで攻められることに慣れていないみたいですから、力を出せなかったのかもしれませんね」

「くっ……まさか神樹の加護を抜けられる者がいるとは……」

それっきり、ギークは口を閉ざしてしまった。

「さて、ガルアさん。もうじきスキルの奪取《だっしゅ》も終わります。この集落の長《おさ》ならば、どうすればいいか、わかりますね？」

「ああ、抵抗する気はない。それで、私は何をすればいいんだ？」

「そうですね、私達と一緒に屋敷の外に出て、降伏したことをこの集落のエルフ達に周知していただけますか」

「わかった、だがこの集落はそれなりに広い。周知するのに時間がかかるぞ」

「でしたら、これをお使いください」

そう言って、エレナは『収納袋』から拡声器の魔道具を取り出した。

「これは？」

「声を増幅《ぞうふく》させて広範囲に伝える魔道具です。現在、無抵抗の者は捨て置いていますが、攻撃行動をとった者は全て殺しています。早く降伏を周知しないと、どんどん無駄に命が失われますよ」

「わかった、急ごう」

ガルアはエレナに連れられて屋敷を出た。

普通、スキルを奪われると身体的に強い疲労感が出るのだが、彼が歩く姿は他のエルフとは比べものにならないくらいしっかりしている。

さすがこの集落の族長と言うべきか。

「ぞ、族長！　お待ちください！」

その場に残り、ぐったりと項垂れるエルフ達の中から、再びギークが声を上げた。

こいつも意外と元気だな。

ガルアはギークに背を向けたまま応える。

「なんだ？　お前と話すことはもうない。そこで寝ていろ」

「我々が敗北したと決まったわけではありません‼　降伏は早計《そうけい》です‼」

「この女性が言っていることは確かだ。屋敷の外の様子はわからんが、ここを呆気《あっけ》なく制圧された時点で、戦力差は明らかだ。お前は我々が木偶《でく》の坊《ぼう》を護衛につけていると思っているのか？」

「いえ、そういうわけでは……」

「しかも相手は神樹の加護を抜いて侵入する術すら持っている。万が一ここで追い返せたとしても、またいつ攻められるかわからないのだぞ？　お前はこの状況で民が安心して眠れると言うのか？」

「……」

ギークは何も言い返せず、黙り込んでしまった。

なんでこんなのが指揮官をしていたんだ？

状況判断も含めて、考えが足りなすぎる。

「失礼した。行こうか」

「次にどこか攻める機会があれば、指揮官を変更することをオススメしますよ」

エレナにそう言われ、ガルアが苦笑《くしょう》する。

「わかっている。だがあれでも若手の中では優秀な方なのだ。ここ数百年、神樹の加護の恩恵で集落が外界から認識されなくなり、外交も少なくなった。周辺の他の集落は神樹の加護を求めて我々に従う者が大半だ。増長《ぞうちょう》し、驕《おご》りがあったことは認めよう」

「神樹の加護の上に胡坐《あぐら》をかいて、傲慢《ごうまん》以外の何ものでもありませんね」

「確かにそうだな。だが数百年も生きていたらわかる。常に外敵から集落を守るというのは本当に難しいのだ。加護のない時代は、住民を増やすのも難しかった」

それはこの大森林に住んでいるからであって、さっさと外に移住すればよかっただけな気がする。

この大森林を離れられない理由でもあるのだろうか？

「安全を手に入れた結果傲慢になって、全滅の危機に陥《おちい》っているようでは、本末転倒《ほんまつてんとう》な気もしますね」

「耳が痛い話だ。今一度聞くが、降伏したら無抵抗な者は見逃してくれるのか？」

「何度も言ってますが、あなた達の今後の行い次第です。まずは例の神樹の巫女と話さないことには、どうにもなりません」

「それで十分だ。先に滅ぼそうとしたのはこちらだからな」

二人はそのまま屋敷を出て行ってしまった。屋敷に残されたのはマリアとリン、カシム率いる部隊、さらにはスキルを奪われて倒れているギーク達だ。

あれ？　俺はこのままここにいていいのだろうか？

俺、まだ何もしていないし、そもそもここの連中に存在を気付かれていたかすら怪しい。集落の制圧が終わっていないなら、何かしら手伝った方が良いと思うのだが……

「なぁ、マリア。俺も何か手伝った方がいいんじゃないか？」

「ケンゴ様はそこで待機していてください」

「そうです！　ケンゴ様に何かあったら、私達が怒られちゃいますよ」

早速マリアとリンに止められた。

「だけど、俺がやった方が魔法の種類や規模も大きくできるから、被害が減るんじゃないか？」

「逆です。ケンゴ様の魔法は威力が高すぎるんです。私達が使っているものより数段魔力の密度が違います。これは殲滅戦ではないのですよね？　でしたら一般人が死ぬような魔法は控えるべきだと思います」

「そうですよ！　ケンゴ様が拠点を拡張する時なんか、あまりの規模にいつか誰かが巻き込まれて死ぬんじゃないかって、みんな戦々恐々《せんせんきょうきょう》としてるんですから。拡張の時、みんな離れているのに気付きませんでしたか？」

そうだったのか……リンに言われてようやく理解した。

いつもみんな拠点拡張の時に見物に来ていると思ったら、あれは巻き込まれないように一箇所に集まって警戒していただけなのか……

まぁ、魔法の威力に関しては大概《たいがい》やりすぎている気はしていたが、魔力の密度云々なんて初めて聞いたぞ。

確かに、注視《ちゅうし》している場所以外はなんとなくで制御していた。それで意図せず巻き込んだ場合、魔法の威力が高いと殺してしまう可能性があるのか。

「気がつかずにすまなかった。次回から周囲を巻き込まないように、ちゃんと事前に人払いしてから拡張するよ」

「いえ、気になさらないでください。そこは私達でちゃんと認識して避けていますので。ですが、今回のような場合は被害が出そうですので、控えていただけると今後の交渉にも良い材料になるかと」

「交渉？」

マリアが言ったことの意味がわからず、俺は思わず首を捻《ひね》る。

「はい、このエルフ達を支配下に置くのですよね？」

支配って……おい、いつの間にそんな話になっているんだ。

恐らくゴブ一朗達が言い出したんだろうが、あいつらいったい何を考えているんだ？

俺は今の拠点だけでもてんてこ舞いだというのに、こんな飛び地、しかもエルフやらなんやら、多くの亜人達を俺が管理できるわけがない。

俺は頭を抱えながらその場でエレナ達の報告を待った。

＊＊＊＊

降伏勧告が上手くいったのか、それともゴブ一朗達に敵《かな》わないと思ったのかはわからない。

さほど時間がかからず、エレナから連絡がきた。

俺は屋敷を出て集落の中央にある広場に移動した。

「それで、現状はどんな感じなんだ？」

「ガルアの降伏勧告によって大半の住人が投降《とうこう》しました。交戦は極《ご》く一部のみで、外部にも特に変わった様子はありません。現在、確認のために集落の広場に住人を集めているところです」

「そうか。ゴブ一朗達は？」

「ゴブ一朗先輩は父さん達の部隊と分担して、拠点に隠れている住人がいないか探索中です。じきに戻られると思います」

「わかった、戻ったら教えてくれ」

改めて周囲を見ると、広場には主に女性や子供のエルフの姿が多い。広場を包囲している者の大半が魔物なので、酷く怯えている。

男性が少ない理由は……ほとんど遺体になっているからだ。広場の隅にはそれなりの数が並んでいる。

身元確認のために連れてこられた家族が遺体に泣きついている姿を見るのは、精神的にかなりきつい。

子供の泣き声は特に駄目だ。

これらの多くの男性が、家族を守るためにゴブ一朗達に向かっていったのだろう。後でなるべく優先的に復活させてやろう。

「まさかこんなことになるとは……」

　隣にいたガルアの呟きが聞こえ、俺は思わず説教じみた言葉を口にしてしまう。

「その発言は少し無責任なんじゃないですか？　あなたが近隣の集落を纏めて私達を攻撃してきたのですから、最低でも報復されればこうなると想像し、覚悟はしておくべきだったと思います」

「だ、誰だ？」

　困惑している所を見ると、やはり俺の存在は認識されていなかったらしい。

「先ほど交渉していたエレナの上司というところですね」

「そうか……神樹の加護の上に胡座をかき、傲慢にも大森林の調停者を名乗っていた私達の覚悟が足りなかったか……」

「そもそも、私達は大森林や森に住む者に害をもたらすつもりはありません。確かに色々と迷惑を掛けたかもしれませんが、私達は普通に暮らしていただけです。神樹の異常の件なんて、完全に誤解ですよ」

　確かに色々とやらかしてはいるが、この人達に攻め滅ぼされるようなことではない気がする。

　この人達にしても、攻撃してくる前に話し合いをする気はなかったのだろうか？

　この世界の住人は本当に物騒な人が多すぎる。

「……これから私達はどうなる？」

「特に何も。私達の指示に従っていただけるなら、全て元に戻しますよ」

「元に戻す？　今回の襲撃で我が集落の男は半分以上が死んだ。他の集落と統合しなければ、いずれ衰退《すいたい》するだろう……」

ガルアはがっくりと肩を落とす。

「気にしなくても大丈夫ですよ。我々は死者を復活させられるんですよ。ああ、戦闘で壊した物は申し訳ないですがそのままです」

「死者を復活だと？　それは神の御業《みわざ》だ。できるわけがないだろう」

「それが、うちにはその神の使いがいるんですよ。心配しなくても、復活させますよ」

少しこちらのことを話しすぎたかもしれないが、死者の復活は俺の中で既に決定事項だ。

「ほ、本当なのか？」

「本当です」

「そんな……まさか私達は神の使いがいるような集落を襲撃したのか……？」

俺の言葉を聞き、ガルアは茫然自失《ぼうぜんじしつ》になっている。

この世界では神様のことを本当にリアリティのある存在として考えているんだな。

神の使いという言葉を出しても、全然疑ってない。

「ガルアさん、落ち込むのは少し早いですよ。これからあなたには神樹の場所まで案内してもらわないといけないんですから」

「ああ、わかっている……」

うん、全然立ち直っていない。

神の使いとはそこまで衝撃を与える情報だったのだろうか？

とりあえず、この後はゴブ一朗達と合流して、神樹の巫女を説得しないといけない。

また大森林に被害が出るから殲滅しろとか言って、エルフ達をけしかけてきたら大変だからな。

その後は議会に出席していた各集落の族長を連れて、それぞれの集落に、今回の内容を周知しに行く必要がある。

ガルアの集落だけわかってくれても、他が俺達に敵意を持ったままでは解決にならない。もうすぐ王国の監査官が来るのに、俺の周りは面倒事が本当に多い。こっちは何もしなくても向こうからやってくるのだから、本当に勘弁してほしい。

「ケンゴ様、ゴブ一朗先輩達が間もなく戻ってくると連絡がありました。集落の制圧が完了したようです」

「ああ、ありがとう。それじゃあ、捕まえた人達に経緯を説明してから、神樹の巫女に会いに行こうか」

「はい。では私から説明しておきますね」

「ああ、頼んだよ」

エレナはそう言うと広場に集められた人達の方へ向かって行った。

彼女に説明させるのは若干不安だが、俺がやるより何倍もマシだろう。

存在を認識してもらえないかもしれないし、村上君じゃないけど、魔王だなんだと言い出してパニックになったら取り返しがつかない。

「全員、聞こえますか？」

エレナが呼びかける。

「私達はこれからどうなるの⁉」

「ああ……彼がいない人生なんて……」

「お前が父さんを殺したのか！」

うん、酷い言われようだ。

まぁ、みんな自分達を被害者だと思っているだろうから仕方がないが、この状況でエレナはちゃんと説明できるのか？

「黙りなさい。今回のことはあなた達が自分で招いた結果です。嘆くのであれば、自分達の愚《おろ》かさを……」

ああ……やはりケンカ腰になるのか……拠点の住人と接する時のような優しさを見せれば、もう少し穏便に話せそうなものなんだがな……

俺は暴動《ぼうどう》が起きないかハラハラしながら、エレナの後ろ姿を見守った。

＊＊＊＊

集落を完全に制圧した後、俺達はわけもわからず捕縛されて混乱しているであろう住民に、現状の説明を行った。

今回俺達が襲撃を仕掛けた理由や、神樹の巫女に会いに行く件、反抗せずに俺達に従ってくれれば死んだ人間を生き返らせることなどをおおまかに伝え、理解してもらえたと思う。

しかし、死者を蘇《よみがえ》らせるという行為が一部の者の感情を逆撫《さかな》でしたらしく、親族らしきエルフが声を荒らげ、一瞬暴動になりかけた。

すぐに熊五郎が一声鳴いて事態は収まったが、少し焦ったぞ。

みんな熊五郎の声を聞いてから何かを諦めたように話を聞いてくれるようになった。

うんうん、熊五郎は見た目も声も怖いよな。わかるよその気持ち。

熊五郎のおかげでエルフは静かになったものの、広場のエルフはみんな俯いて、通夜《つや》みたいな雰囲気になってしまった。

何人かの子供が〝まだ死にたくない〟と呟いているのも聞こえる。

この状態をどうにかしないと、俺達が神樹の巫女のところに行った隙に自棄《やけ》になって行動を起こす者もいるかもしれないな。できれば手荒《てあら》な真似《まね》はしたくないのだが……

しかし、先ほどからちゃんと元に戻すと説明しているのに反応が悪いのは何故だろうか？

死者が生き返るわけがないと思っているのかな？

そう思われて当然なんだが、納得してもらうためにも何人かお試しで召喚してみるか。

俺は一応エレナ達の許可を取り、家族がいると確認済みの遺体を屋敷に運んで召喚を行った。

わざわざ別の場所にしたのは、さすがに遺族の目の前で遺体から魔石を取り出すのは、反感を買うに決まっているからだ。

最初は本当に生き返ったのか疑っていたが、何人かの家族が紋様がある以外は襲撃前と何も変わらないと証言してくれたおかげで、以後は劇的《げきてき》に反応が変わった。

死者を生き返らせる神の使いがこちらにいることを伝えると、住人がみんな平伏《へいふく》しはじめたのには焦った。

まぁ、大人しくしてくれるなら結果オーライだろう。

ガルアの時もそうだったが神樹を大事にしているだけあって、神様への信仰心が厚《あつ》いようだ。

いったい彼らが神様にどんなイメージを抱いているのか気になるところだけれど、実際会った俺の印象ではかなりフランクな神様だから、あれを信仰していると考えると少し面白い。

これでもう無駄な反抗をして傷つく住人もいなくなるだろう。安心して神樹の巫女の方へ向かえる。とはいえ、この集落にも何が起こってもいいように、ある程度の戦力は残さないといけない。

これから会うのは巫女一人だし、向こうに護衛がいたとしても何人かいれば事足《ことた》りる。

最悪、何かあったら戻って立て直してもいいしな。

俺はエルフが落ち着いたのを確認してから連れて行くメンバーを選別するために、ゴブ一朗達と話し合った。

＊＊＊＊

現在、俺達はガルアの誘導に従い、巫女に会うために神樹に向かって移動している。

メンバーはエレナとリン、マリアに、ゴブ一朗率いるゴブリン隊だ。

最初はいつも通りエレナ達だけで良いと言ったんだが、結局ゴブ一朗達とその部隊も付いてきた。

その結果、現在今のメンバーで神樹の巫女の下へ向かっているというわけだ。

何かあっては困るからという理由らしいが、巫女相手に何があるのだろうか？

日本にいる巫女のイメージしかないから全然心配する理由が見当たらない。

「はぁはぁはぁ、ちょ、ちょっと待ってくれ」

「ん？　どうかしましたか？」

肩で息をしているガルアを振り返って、そう問い掛けた。

「はぁはぁ、いくらなんでもペースが速すぎる。もう少し速度を落としてもらえないだろうか？」

別に飛ばしているつもりはないのだが、そんなに速かったのだろうか？

一緒に来ているゴブ一朗やエレナ達は、いたって平気そうな顔をしている。

俺達は魔物を処理しながら進んでいるし、マリアとリンにはそれを回収させている。

十分余裕を持って移動していると思うのだが。

そもそも、ガルアは俺達が踏み締めた後を付いてきているだけなのに、何がそんなに大変なのだろうか？

「そんなに速かったですか？」

俺の質問に、ガルアは信じられないといった様子で目を見開く。

「速いも何も、集落を出てから今までずっと走りっぱなしだ。さすがに、どこかで休まないと体が保《も》たん」

ふむ、俺はそこまで疲労は感じていないのだが、確かに地球にいる時にこんな調子で野山を走り回ったら、俺でもガルアみたいになるだろうな。

しかし、この世界はステータスによる能力補正《ほせい》があるおかげで、地球では不可能だったことも簡単にできる。

野山を休みなく駆けるのはもちろん、一般人である俺が魔物を倒してしまえるのだ。

本当にステータス様々だな。

「ゴブ一朗、エレナ。お前達は疲れたか？」

『問題ない』

「私達もこの速度でしたら問題ありません」

平然と答える二人を見て、ガルアが首を横に振る。

「いや、お前達が絶対におかしい」

そこまで言うのであれば、ちょっと休憩《きゅうけい》するか。

スキルはリンが奪ってしまったとはいえ、ガルアにもステータスの恩恵があるはずだ。

俺達とたいして変わらないはずなのについて来られないのは、集落で引きこもってレベル上げを怠っていたのが問題なんじゃないか？

このまま俺達のペースを維持できるなら、目的地の神樹には日が暮れる前には着けるだろう。

あまり暗くなったら大森林は本当に真っ暗になるから、できれば明るいうちに到着しておきたい。

しかし、神樹にも認識阻害の加護が掛かっているらしく、ガルアを置いていくわけにはいかない。

とりあえずは彼が回復するまでこの場で一旦休憩だ。

俺は周囲を確認しながら『土魔法』を使って土地をならし、簡易的な広場と全員が座れる椅子を作製した。

俺は念話でゴブ一朗とエレナに休憩を勧《すす》める。

(なぁ、お前達も休んだらどうだ?)

(『必要ない』)

(大丈夫です)

今俺の用意した椅子に素直に座ってくれているのはガルアだけだ。

エレナやリン達は周囲を警戒しているし、ゴブ一朗達に至っては魔物を狩りはじめてしまった。

休憩時間に狩りまでするとは、先日遠征途中で連れ帰ったせいでストレスがたまっているのだろう。

しばらく座って休んでいると、ガルアが椅子から立ち上がった。

「すまなかった。もう大丈夫だ」

まだ三十分も休んでないのに本当に大丈夫なのだろうか？

休んでいるのが俺達二人だけだから、落ち着かないのかもしれない。

「無理をしなくてもいいんですよ？」

「大丈夫だ。それよりも、お前達が本当に神の使いだというのであれば、巫女がそれを〝調和を乱すもの〟と告げた理由が気になる。できるだけ早く先に進みたい」

「そうですか、では行きましょうか」

俺はみんなに出発する旨《むね》を念話で送った。

＊＊＊＊

「止まってくれ、この辺りから神樹の領域だ」

ガルアの制止の声を受け、全員がその場で止まって周囲を確認する。

相変わらず、今まで進んできた森となんら変わらない風景が広がっていた。

前回は俺の『気配察知』に大量のエルフが引っ掛かってそこに集落があるとわかったが、今回巫女達は少人数しかいないようなので、そこらの魔物達と区別がつかない。

ガルアがいなかったら侵入するだけでも結構大変だっただろうな。

「少し下がっていてくれ」

そう言って、ガルアは懐からベルのような物を取り出し、静かに鳴らしはじめた。

恐らくあれが神樹の加護の中にいる人に迎えに来てもらうための呼《よ》び鈴《りん》みたいな物なのだろう。

澄《す》んでよく響く音だが、この森でそんな音を出したら仲間より先に魔物が来ちゃうんじゃないか?

周囲のゴブ一朗達は、武器に手を掛けて警戒を強めている。

「そんな音を出して大丈夫なんですか?」

「問題ない。この魔道具は魔物が嫌がる音も同時に出しているから、襲撃される心配はない」

ガルアはそう言うが、俺の近くで周囲を警戒しているうちのゴブリン——魔物達は至って平気そうだ。不良品なんじゃないか?

俺が魔道具の心配をしていると、突然目の前の空間が歪み……その中からエルフの女性が現れた。

ベルを鳴らしてまだそんなに経っていないのに、えらく早いお迎えだな。

走って来たようには見えないから、事前に待機していたのだろうか?

「お待ちしておりました。ガルアさんと森に新しく住みついた者達ですね。話は巫女から聞いています。さぁ、こちらにどうぞ」

エルフの女性は妙に愛想《あいそ》良くそう言うと、俺達を誘導するように道を開けた。

ふむ、やはり事前に俺達がここに来ることはわかっていたみたいだな。

だとすると少し厄介かもしれない。

恐らく精霊とやらを介してだと思うが、こちらの情報が筒抜けだ。

俺達はその精霊を認識できないので、いつどんな情報が奪われているかもわからないし、対処のしようもない。

これはどうにかする必要があるな……

俺は今後の対策を考えながら、促されるまま神樹の領域へと足を踏み入れた。

領域に入ると、今まで外部から見ていた鬱蒼とした大森林の景色が嘘のように、綺麗に周囲が整えられていた。

何より目を引くのは目の前にそびえ立つ立派な大木だ。

大森林を探索しているとそれなりに樹齢《じゅれい》を重《かさ》ねていそうな大木は度々見つけられるが、ここまで大きい物は見たことがない。

恐らく、これが神樹なのだろう。あまりの大きさに少し圧倒される。

エレナや他のみんなも同じように見上げているので、これほどの大木は大森林の中でも珍しいのだろう。

よく見てみると、ガルアの言った通り、枝の端部《たんぶ》が枯れてきているのがわかる。

この場所の他の植物に異常はないし、環境に大きな問題はなさそうだが……いったい何が原因なのだろうか？

「ずいぶん綺麗に手入れされているみたいですが、ここの管理はあなた方が行っているのですか？」

俺の質問に、エルフの女が答える。

「はい、そうです。ですが、管理と言っても、神樹自体がこの場所を保《たも》っているので、私達の役目は巫女様の世話が主な仕事になります」

ほうほう、神樹そのものが場所を保つ役割を担っているのか。

ぜひ一拠点に一つ欲しい効果だ。

拠点内は地面を硬化《こうか》しているから草木は生《は》えてこないが、それ以外の場所では油断するとすぐ植物が生えてくるから、草刈りやら伐採《ばっさい》やらが意外と大変なんだよな。

苗木《なえぎ》でもいいから譲ってもらうことはできないだろうか？

後で巫女に聞いてみよう。

大木に見惚れながらエルフの女性の後を歩いていると、すぐに大木の根元に立派な社が建《た》っているのが見えた。

『気配察知』で周囲を確認したところ、社の内部以外に生物の気配は感じられないから、あそこに件の巫女がいるのは間違いない。

俺達が来るとわかっていたのに逃げずにそこにいるということは、話をする気はあるのだろう。

「どうぞ、巫女様が中でお待ちです」

俺達は階段を上って社の中に入る。

内部は広いが、とてもシンプルな造りで、奥に神樹を祀《まつ》る祭壇《さいだん》がある以外に目立った物はない。

まるで生活感がないから、恐らく別の場所に寝泊まりをする部屋があるのだろう。

広間の壁際に女性エルフ達が数名待機しており、その中心にある祭壇の前に、巫女と思《おぼ》しきエルフの女性がこちらに背を向けてお祈りをしている。

服装は他の女性エルフと違って白一色で、いかにも神職という感じだが、精霊の話を聞ける以外に何か特別なスキルでも持っているのだろうか？

後でこっそり『鑑定』でもしてみよう。

「お待ちしておりました、新しき者達よ」

巫女は俺達に気付いてこちらを振り返った。

どこか儚《はかな》げで仮面のように感情の読めない顔だが、その目だけは探るように鋭《するど》くこちらを見据《みす》えている。

「新しき者達？」

「ええ、この大森林に新しく外部から移住してきた者を、私達はそう呼んでいます」

ああ、そういうことね。

しかし巫女は想像していたよりもかなり若い気がする。

もっとも、エルフはみんな見た目が若いから実年齢はわからないが、待機している他の女性と比べても明らかに若い……というよりも、幼いと言える顔立ちだった。

俺にはエルフはみんな整った顔で外見は似たように見えるから、実際に子供なのかどうかは判断できないが。

「そうですか、私達が何故ここに来たかわかりますか？」

「あなた達のことをガルアさん達に伝えた私を、咎《とが》めに来たのでしょう？」

まぁ、その通りだ。

だが、とりあえずその前に詳しい理由を本人の口から聞いてみよう。

もしかしたら、ガルア達とは言い分が違うかもしれないしな。

「あなたはどういう意図で私達の情報をガルア達に流したのですか？」

俺はこちらを窺うような視線を向けてくる巫女に、襲撃時からの疑問をぶつけた。

「そうですね……まずはこちらをご覧ください」

巫女はゆっくりと立ち上がり、部屋の奥にある両開きの扉を開け放った。

すると、正面に神樹が姿を現す。

巫女の視線を追うと、神樹の端部はあからさまに枯れてきて、葉がほとんど落ちて枝が露《あら》わになっている。

巫女はこちらに背を向けたまま神樹の現状を話しはじめた。

「見てわかるように、この神樹は現在死に向かっています。神樹は本来、大地から魔力を吸い上げて蓄積《ちくせき》し、周囲に恩恵をもたらすものです。しかし、吸い上げるよりも多くの魔力が外部に流出しているため、少しずつですが枯れはじめています」

「その原因が私達にあると？」

「私はそう考えています。精霊様はこの大森林に新たに魔力を奪う者が現れ、その者が原因で魔力が失われているとおっしゃっていました。この大森林は過酷《かこく》な場所です。新しく入ってくる者は限られています。その中で最近急激《きゅうげき》に勢力を拡大しているのがあなた達です」

巫女はそう言いながら静かに振り返り、強く非難するような視線を向けてきた。

その言い方だと精霊は誰が魔力を奪っているかわからないみたいなのに、新参者で勢力を拡大しているからって俺達を疑うのは、完全に言いがかりじゃないか。

俺達は神樹から魔力を奪ったつもりは一切ないから、それは完全に巫女の誤解だぞ。

「ちょっと待ってください。魔力を奪った犯人はわかってないんですよね？」

「確かに、精霊様も誰が魔力を奪っているかは明言しませんでした。ですが、ガルア様達に相談したところ、最近大森林の南に集落を潰して回っている勢力がいると教えていただきました」

ガルアめ……俺達を襲撃したのは巫女のお告げだと言っていたのに、お前も一枚噛《か》んでるじゃないか……

まぁ、ゴブ一朗達が周辺の集落をいくつか潰したのは事実だ。まさかそれがこんなことになるとは思わなかったな……

「その後、その者について精霊様に詳しく情報をお伺いしたところ、竜種への干渉や大森林の侵食《しんしょく》を行い、急激に勢力を拡大している集団だとわかりました。神樹の魔力が急激に失われはじめた時期とも重なるので、その者達が神樹の魔力を奪っていると断定《だんてい》しました」

いやいや、断定したって……ちょっとそれ決めるの早すぎないか？

精霊なんていうよくわからない存在じゃなくて、一度ちゃんと自分の目で確認しに来てくれよ。

きっと話し合いとかで解決できたと思うぞ？

「魔力を奪っていると確認できていないのに、断定したのですか？」

「そうです。精霊様でもわからない魔力流出の原因を、私達が確認することは不可能です。

調べても他に候補者がいない以上、あなた方に原因があると考えるのが自然です」

「ですが、もし違ったらどうするつもりだったのですか？」

「こちらの状況は逼迫《ひっぱく》しています。神樹が枯れればこの周辺に存在している全ての集落は加護を失い、魔物に襲われて全滅します。確かに私達が間違っている可能性はありましたが、少しでも疑わしいものは絶対に排除しなければなりませんでした」

そうか……この巫女を含め、エルフ達はかなり焦っていたようだ。まさかこんな大きな木が急速に枯れるとは思っていなかったのだろう。

しかし、それで勝手に勘違いして襲撃されたら、俺達はたまったものじゃないな。

巫女達は神樹を守りたいだけで、こちらに悪意があるわけではないなら、これが誤解だとわかったら手を引いてくれるんじゃないか？

神樹が枯れる原因さえどうにかすれば、友好関係を築く余地はある。

「そうですか。余裕がなかったのはわかりました。しかしその結果、あなた達は今、私達に制圧されて、滅びそうになっています。集落の存続を望むなら、もっと別のやり方があったんじゃないですか？」

「それは……」

言葉を詰まらせる巫女に代わって、後ろで待機していたガルアが口を挟んできた。

「すまないが、ちょっといいだろうか？」

「どうかしましたか？」

「現在制圧されているのは私達の落ち度だ。私達議会が情報収集を怠り、お前達の戦力を軽《かろ》んじた結果、集落は制圧されてしまった。私達が襲撃した理由は、今巫女が話してくれた通りだ。厚かましい願いだが、どうか皆の命だけは助けてほしい」

ガルアは俺に向かって頭を下げた。

命は助けてほしいか……そっちはこちらを殲滅しようとしていたのに、ずいぶん都合が良いものだ。

まぁ、上で指示した人間がちゃんと頭を下げて謝罪しているし、これ以上敵対する意思がないなら殺すつもりはない。

だが、ゴブ一朗やエレナの前でそんなこと言うとは、大した度胸《どきょう》だ。

後ろを見てみろ、二人とももの凄い顔をしているぞ。

俺はその視線に震え上がりながら、再び視線をガルアと巫女に戻した。

「別に構いませんよ。私達が襲撃したのは、今後の憂いをなくすのが目的ですからね。報復して全滅させるためではありません」

「す、すまない！　恩に着る……」

「ただし、これからは私達の指示に従ってもらいます。冷遇《れいぐう》するつもりはないですが、それなりに覚悟してください。森の守護者を気取って傲慢な振る舞いをすれば、うちの者が許しませんよ？　巫女さん、あなた方もです」

「……わかりました。ですがお願いです。どうか神樹の魔力を奪うのはやめていただけませんか？」

「ああ……それ、私達じゃありませんよ」

俺のその言葉に、巫女を含め周囲で話を聞いていた侍女達も呆気に取られたような顔をした。

「そんな……では私達はどうすれば……」

みんなが驚き、巫女に至っては真っ青になって顔を伏せている。

大丈夫だろうか？

まぁ、魔力を奪っている原因がわからなくなった上に、俺達に制圧されているから今までみたいに自分達で調べて対処するのも難しい。完全に手詰《てづ》まりだ。

巫女の世話役の女性達も膝から崩れ落ちている。

エルフ達は神樹が余程大事なのだろう。

「大丈夫ですよ。こちらでなんとか調べてみましょう」

「調べる？　でもどうやって……」

さて、調べると言ってみたけれどもどうやって調べよう。

巫女を鑑定しても、何もおかしな点は見つからなかった。

スキル欄に『精霊言語』というスキルがあったので、恐らくこれで精霊の声を聞いているのだろう。

確か言語系統のスキルは共通言語以外『スキルブック』に載《の》ってなかったから、自分でスキルを取って精霊と話してみることはできない。

とりあえず、この巫女の言葉を信じるとして、神樹の魔力が奪われているとかなんとか言っていたから、そこから調べてみるのが良さそうだな。

俺は、使えそうなスキルを探すために『スキルブック』を開いた。

魔力が奪われているなら、必ず神樹のどこかに魔力が漏出《ろうしゅつ》している箇所があるはずだ。

他に魔力が減りそうな要素というと、周囲の集落に付与している神樹の加護への供給等だが、今まで問題がなかったなら、それは神樹自身が大地から吸い上げる魔力で事足りていると予想できる。

著《いちじる》しく魔力を消費している原因を見つければいいわけだ。

俺は再び『スキルブック』に視線を向けた。

たとえば『魔力制御』のスキルは魔力の流れを感知できるが、これは自身の魔力に限定されるので、別の何かが必要だ。

そこで目に留《と》まったのが『魔力察知（必要値１００）』だ。さっそくこれを上限のＬＶ１０まで取得した。

説明には魔力を察知できるとしか書かれていないが、恐らくこれで問題ないと思う。もし『魔力察知』が駄目だったら別の魔力系のスキルも試してみよう。

「新しき者よ。あなたはいったい何をしているのですか？」

ん？

声を掛けられて『スキルブック』から視線を上げると、巫女が首を傾げながら俺の方を見ていた。周囲の侍女達もこちらに疑わしげな視線を向けている。

「どうかしたんですか？」

俺の疑問には、エレナが答えた。

「ケンゴ様が神樹を調べると言ったのに、急に本を読みはじめてしまったので、困惑しているのでしょう」

ああ、そうか。それは説明しなかった俺が悪いな。

『スキルブック』のことを知らない人からしてみると、俺は話の流れをぶった切って突然本を読み出したおかしな奴だ。困惑されても仕方がない。

「ああ、申し訳ありません。これは私のスキルでして、魔力の流れについて調べていたんですよ」

「そうですか。突然本を取り出して黙ってしまったので、何かあったのかと思いました」

そんなに長時間読み耽《ふけ》っていたのだろうか？

確かに普段検索に引っかからないスキルやその説明を見ていると集中して読んでしまうのは自覚していたが、まさかそこまで酷いとは……

次から気をつけよう。

「説明不足で申し訳ありません」

「いえ、構いません。それで何かわかりましたか？」

「詳しいことはまだですが、これからもうちょっと本格的に調べたいので、少し神樹に触《ふ》れても良いでしょうか？」

まだ神樹の異常の原因が俺達じゃないと完全に信用できていないらしく、巫女は露骨に嫌そうな顔をする。

しかし、エレナに睨まれて、渋々了承《しぶしぶりょうしょう》した。

「それは……大丈夫ですが、もし神樹に異常が出たらすぐに離れてもらいます。それでよろしいでしょうか？」

「ええ、大丈夫です」

まぁ、エルフ達にとっては未だに一番怪しいのは俺達だから、仕方がないことなんだろうが、疑われたままでいるのはよろしくない。

今後友好的な関係を築くのであれば、不要な疑念は取り除いておくべきだ。

上手く原因がわかるといいんだがな……

巫女の了承を得た俺は、一人『魔力察知』スキルを展開しながら神樹に向かって社の中を歩きはじめた。

『魔力察知』も『気配察知』同様に自分を中心とした五百メートルくらいの範囲を察知できるみたいだ。

展開した時に『気配察知』では見つからなかった無数の反応が出て一瞬驚いたが、恐らく周囲の魔石や魔道具等、魔力を帯《お》びた物にも反応しているのだろう。

神樹の目の前まで来るとその魔力の膨大《ぼうだい》さがよくわかる。

これ、本当に魔力がなくなったのが原因で枯れはじめているのだろうか？

まだまだ神樹の中には結構な魔力が残っていると感じるんだが……

疑問に思いながらも、感覚だけでは今一つわかり辛いので『地図化』スキルのマップと組み合わせて目視《もくし》できるように工夫してみる。

すると、『気配察知』同様に地図上に『魔力察知』で反応がある場所が光点として表示された。

スキルの組み合わせができるのは本当に便利だ。

しかも、『気配察知』と違って、魔力の大小に応じて表示されているポイントの大きさが違っているようだ。この機能はかなり助かる。

マップを確認すると、目の前の神樹のポイントからいくつもの線が出ていて、この社の周辺各所に魔力を送っているのがわかる。

多数の細い線は恐らく、神樹の加護を付与した魔石に魔力を送っているのだろう。

所有者の魔力を一切使わずに設置するタイプの魔道具は、魔力が切れたら魔石の交換が必要になる。しかし、神樹から常に魔力供給されているなら、交換なしに使い続けられるはずだ。

供給している線の細さから見て、現在はそこまで負担になっていないようだが、将来はどうなるかわからない。

庇護を求める集落が急増したり、別の用途《ようと》に神樹の魔力を使ったりしたら、気を付けないと負担が一気に増えて、枯れてしまうかもしれない。

それはともかく、目先の問題を解決するのが先か……

俺はマップに表示されている一本の供給線に注目した。

その線は神樹から伸びているのだが、他の線よりも明らかに太く、異質だ。

これほどの魔力が常に漏出しているのであれば、神樹の端部が枯れてくるのもわかる気がする。

俺はその線が繋がっている先……を見ないように、ゴブ一朗に念話を送った。

（ゴブ一朗、さっき俺達をここまで案内した侍女だ。祭壇から数えて二人目の）

（『了解した』）

俺が振り返ると同時に、ゴブ一朗が持っていた剣を侍女に向かって投擲した。

周囲のエルフは何が起こっているのかわかっていない様子で、ゴブ一朗の動きに反応できずにいる。

てっきり巫女が俺達にエルフをけしかけてきた張本人だと思っていたが、侍女はノーマークだった。

これで後はこの侍女から事情を聞けば終わりだな。ゴブ一朗なら上手く急所を外してくれるだろう。

俺は安心して剣の行方《ゆくえ》を目で追っていたが……その剣は甲高《かんだか》い音を立てて弾かれてしまった。

弾かれた⁉

侍女は武器や防具の類《たぐい》は何も持っていないように見えたのに、いったい何に当たって弾かれたんだ？

驚愕しながら見ていると、その侍女が静かに笑いはじめた。

「フフフ、何故わかったのかしら？　私、これでも変装《へんそう》には結構自信があるのよ？」

侍女の口調や表情がさっきまでとは明らかに変わっている。

ゴブ一朗達は武器を構え直し、警戒レベルを跳ね上げた。

「ねえ、ゴブリンさん。なんで私が犯人だとわかったの？　良ければ今後のために教えてくれるかしら?」

女は少し前に出ると、ゴブ一朗に向かって質問を投げ掛けた。

周囲にいる侍女達は未だ何が起きているのかわからないのか、その女とゴブ一朗との間で視線を行ったり来たりさせている。

「グギャギャ、ギャ」

ゴブ一朗は応えるが、エレナが通訳しなければ何を言っているか理解できない。

女は肩を竦めて苦笑する。

「そう、やっぱり言葉は通じないのね。でも、それだとなんで人間と魔物が一緒に行動しているのかしら? 不思議ね、ちゃんと自分の意思で動いているみたいだし、魔物使いに使われているようには見えないわ」

女は特に警戒している様子はないし、俺達に囲まれているというのに、かなりの余裕だ。

この状況を切り抜ける自信があるのか?

俺は少しでも情報を得るためにすぐにその女に対し『鑑定』を使用してみる。

これは……

「全員、その女から離れろ‼ 巫女さん、あんた達もだ!」

俺の叫びに、エレナ達が即座に反応する。状況を理解できていない侍女や巫女の動きは悪い。

（ゴブ一朗、気をつけろ、ユニークスキル持ちだ）

（『それは、主と同レベルのスキルなのか？』）

（いや、どちらかというとリンと似たスキルだ。あの女に触れるとスキルを盗まれるかもしれない）

（『そうか、他に情報はないか？　見た目からでは強さが判断できん』）

（ああ、詳しいステータスは……）

俺はゴブ一朗達に『鑑定』で見た内容を伝えるが、何度確認してもあの女のステータスは少しおかしい。

表示されているステータスの数値はごく普通なものが並んでいる。だが、問題はそのステータスの後ろに別枠でステータスが表示されていることだ。

恐らく、『偽装』や『隠蔽』のような効果がかかっていて、『鑑定』のレベルが低いと本来のステータスは見られなかったかもしれない。

こちらの別枠のステータスは、他の侍女とは比べものにならないくらい高く、ゴブ一朗達に匹敵《ひってき》するほどだ。

スキルも非常に多く、こんなにスキルを持っている者はリンくらいしか見たことがない。

恐らく、スキル欄の最後に記載されているユニークスキル『コピー』がその理由だろう。その説明を見ると、非常に強力なスキルだとわかる。

対象者に触れることによって相手のスキルや特性、その他全てを複製《ふくせい》するとある。

リンの『強奪』と同系列のスキルかと思ったが、どうやらスキル以外も複製できるみたいだ。

ただ複製する対象の情報量が多ければ多いほど、複製に時間が掛かるらしい。スキル一つにどれほどの時間が必要なのかわからないが、相手に触れないに越したことはないだろう。

そしてもう一つ。

俺が注目したのは、この女の種族だ。

外見はエルフにしか見えないのに、表示されている種族が人族になっている。

コピーでここまで他人になり切れるのであれば、中途半端なレベルの『鑑定』では見分ける術がない。恐らくゴブ一朗達でも無理だろうから、敵対したら非常に厄介だ。

ゴブ一朗だけでなく、エレナ達も武器を構えて完全に戦闘態勢に入るが、女は相変わらず何事もなかったように平然としている。

「あら？　寄ってたかって女性に武器を向けるなんて、乱暴な人達ね？」

「そうですか？　ですがあなたに触れると少し厄介そうなので、みんなに下がるように言っただけですよ」

「触れると厄介？　……まさかそこまでわかるなんて、あなた何者なのかしら？　私のスキルがバレているのなら変装を見破《みやぶ》ったのもあなたね？」

「それはどうでしょうか？　私も誰かに教えてもらっただけかもしれませんよ？」

「そう、まぁどちらでも構わないわ。後であなた達の頭の中を覗かせてもらうから……」

女がそう言いかけた瞬間、ゴブ一朗とエレナが飛び出した。

「ゲギャガ！」

ゴブ一朗が先に声を上げながら女に肉薄《にくはく》し、袈裟懸《けさが》けに土ソードを振り下ろす。しかし、剣が命中する前に、女は勢いよく跳躍《ちょうやく》して距離を取った。

ゴブ一朗の速度に対応できることにも驚いたが、その移動距離もかなり長い。

恐らく、何かのスキルを組み合わせているのだろう。

（エレナさん‼　前‼）

突然、念話でマリアが警告を発した。

エレナは跳躍した女を追っていたが、まだ距離を詰め切っていない。

しかし、エレナが土ソードを前方に構えた瞬間、鈍《にぶ》い音が響き、彼女の体が後ろに吹き飛ばされた。

何が起こったんだ？　俺はその理解できない現象に困惑しながら、様子を窺い続ける。

すると、再び女が喋りはじめた。

「あら？　完全に当てたと思ったのに防がれちゃったわね。どういうことかしら？　フフ、後で調べる楽しみがまた増えたわね」

未だ余裕を見せる女に向かってマリアが矢を放つが、それも女に届く前に弾かれてしまった。

いったいどういう理屈だ？

恐らくあいつが大量に持っているスキルのどれかなのだろうけれど、俺にはどれの効果か見当がつかない。

「でもそうね……正体もバレているみたいだし、このままじゃ戦いづらいから元の姿に戻ろうかしら」

女が元に戻ると言った瞬間、エルフの侍女であったその姿は、表面を覆っていた膜《まく》か何かが剥がれてボロボロと崩れだした。

そして体の端から少しずつ本来の姿であろう部分が露出《ろしゅつ》しはじめる。

恐らくこのまま外装《がいそう》が全て剥がれ落ちたら『鑑定』で判明した人族本来の姿が出てくるのであろう。

その光景を観察していると、まだ変化の途中にもかかわらず、女が立っていた場所に大きな火球が着弾した。

……え？

俺の目の前では轟音《ごうおん》と共に着弾した火球により、木材で作られた社が盛大に燃えはじめていた。

炎と煙《けむり》に遮られてよく見えないが、あの女がいた場所は確実に酷いことになっているだろう。

まさか、これで終わったのか……？

その火球を放った人物に視線を向けると、エレナは変わらずあの女がいた位置に警戒を続けていた。

戦闘慣れしている俺達はともかく、侍女のエルフ達は爆風《ばくふう》を浴びて吹き飛んでいるし、エレナには加減するという考えはないのだろうか？

急いで『気配察知』で周囲を確認したところ、どうやらエルフ達に死者は出ていないようだ。そして、女の気配も火の海の中で未だ健在だった。

あいつもまさか変身しようとしていたところに攻撃されるとは思っていなかっただろう。

普通、こういう場面では相手の正体がわかるまで見守るものではないのだろうか？

エレナは相変わらず容赦がなさすぎる。

それにしても、この火事だ。

神樹に飛び火する前にどうやって社の火を消そうか……

「あらあら、人がせっかく正体を見せると言っているのに、酷いことするわね」

俺が神樹を心配していると、火の海の中から女が出てきた。

火球などまるで応えていないのか、平然としている。

再び現したその姿に、先ほどのエルフの侍女の面影《おもかげ》は一切なく、完全に別人に変容《へんよう》していた。

黒いローブのフードから覗く切れ長の瞳に艶《なま》めかしい唇《くちびる》はどこか妖しげではあったが、エルフと比べても遜色《そんしょく》ない美しさだ。

動きやすさを重視《じゅうし》しているのか、体には最低限の防具しか着けておらず、斥候《せっこう》か、あるいは暗殺者のような服装だ。

しかしあのローブ……どこかで見たことがある気がするな……

「敵が戦いやすい姿に戻ると言っているんです。それを止めるために攻撃して、何か問題でもありましたか？」

「それはわかるけれど、あなた達は神樹の異常を調べに来たのでしょう？　なら、その犯人がどんな人物か気にならないのかしら？」

「教えるつもりがあるのですか？」

「私の正体を見破ったご褒美に、名前を教えてあげるわ。殺されるにしても、名前くらいは知りたいでしょう？　ラーナ……〝千変万化《せんぺんばんか》〟のラーナ。それが私の名よ。覚えておきなさい」

「そうですか」

エレナは興味なさそうに呟くと、再び頭上に火球を展開しはじめた。

「あら？　目的は聞かなくていいのかしら？」

「それは殺してから調べれば済むことです！」

エレナはその言葉と同時にラーナに向かって再び火球を放ち、攻撃を仕掛けはじめた。

この動きに呼応して、リンとゴブ一朗も飛び出し、火球とタイミングを合わせて左右から相手に斬《き》りかかる。

「せっかちな子達ね」

しかし、ラーナは動じない。

どこから取り出したのか、いつの間にか手にしていた禍々《まがまが》しい装飾の入った剣で肉薄したゴブ一朗の一撃を受け止め、先ほど同様のスキルでリンを吹き飛ばす。

さらにラーナは、エレナの火球を回避《かいひ》する素振《そぶ》りも見せず、正面から受けてしまった。

炎に身を焼かれながらゴブ一朗と斬り合う姿を見ると、その異様さが一段と際立《きわだ》ってくる。

マリアは後方で矢を番《つが》えて準備しているが、周囲を燃やしている火と属性の相性《あいしょう》が悪いのか、いつもみたいに氷を出して攻撃するのは控えているようだ。

周囲のゴブリン隊は戦闘の邪魔にならないように侍女達の救助に動きだしているものの、未だに状況が理解できない巫女や侍女は炎とゴブリンから逃げようとする有様《ありさま》だ。このままではいつ戦闘に巻き込まれてもおかしくない。

これは一度どこかで仕切り直さないとまずいな……

現状、エレナの火球は周囲を燃やしているだけでラーナにダメージは与えていない。このまま燃え続けると逆に味方に被害が出てしまう。

魔法を使うにはエルフ達も邪魔だし、神樹のことも心配だ。

それにしてもこの女、強すぎじゃないか？

ゴブ一朗という桁違《けたちが》いの強者に普通に対応しているし、エレナの火にも強い耐性があるようで、服すら燃えていない。

多数のスキルを上手く使っているのだろうが、同じ多数のスキル持ちであるリンと比べても、熟練度《じゅくれんど》の高さが違いすぎる。

これは……勝てるのか？

俺が手を出そうにも、この社の中では使える魔法がかなり限られる。

その上、前衛二人の勢いが凄くて、遠距離からだと割って入る隙が全然ない。

下手に〝角《つの》ミサイル〟を飛ばそうものなら、逆に邪魔になってしまいそうだ。

俺の近接戦闘技術は確実にゴブ一朗とリンに劣るし、遠距離戦闘に熟達しているマリアですら容易《ようい》に手を出せないのだから、迂闊《うかつ》には動けない。

どうにか加勢する方法はないだろうか？

俺が周囲の状況を確認しながら何か方法を探していると、突然目の前の空間が俺の『魔力察知』に引っかかった。

ん？　なんだこれ？

今も目の前で、見えない魔力の塊《かたまり》のようなものができつつある。

俺がそれを確かめるために手を伸ばそうとすると……

「ケンゴ様‼　下がってください‼」

マリアがこちらに焦るように駆け出したのが見えた次の瞬間、俺の目の前の魔力の塊が弾けて、その衝撃で後方に吹き飛ばされた……

……痛い。

いったい何が起こったんだ？

突然目の前の空間に魔力の塊ができて、それを確認しようとしたら……

「ケンゴ様‼」

エレナの叫び声が聞こえ、混濁《こんだく》していた意識が次第に鮮明になってくる。

ああそうか、俺はあの魔力塊《まりょくかい》が弾けて吹き飛ばされたのか。

俺は体を起こしながら急いで自分の状況を確認しはじめた。

「そう、彼はケンゴって言うのね」

「貴様‼　よくもケンゴ様を‼」

エレナが怒声を上げる。

「ギャ！　ゲギャギャ‼」

「ッ！　わかりました。マリア、リン！　後をお願いします」

「任せてください！」

「エレナさんは早くケンゴ様の所に！」

少し離れた所から、ゴブ一朗達の会話が聞こえてくる。

良かった。これと言った外傷《がいしょう》はなさそうだ。

結構な衝撃があったし痛みも確かに感じたのだが、ぱっと見は完全に無傷だ。服すら破けていない。

恐らく、先日取得した障壁系のスキルやステータスによる耐久力強化、それに神様からもらった『頑丈《がんじょう》な身体』が効果を発揮してくれたのだろう。

無傷なのは非常にありがたいのだが、できれば痛みも減らしてくれたら完璧だったんだがな……

「ケンゴ様‼　ご無事ですか⁉」

自分の状況を確認し終え、声のする方に視線を向けるとエレナがこちらに血相を変え走って来るのが見えた。

直後、俺は『風魔法』を展開し、エレナの周囲の空間を撹拌《かくはん》するように操作する。

「っ⁉」

エレナが俺の突然の魔法展開に困惑したような表情でこちらに視線を向けるが、どうやら上手くいったようだ。

あいつ……俺を心配して駆けてくるエレナに向かってまで魔力塊をぶつけようとしてきたな。

良い性格をしている。

俺は女の行動に怒りを覚えながら立ち上がった。

困惑から立ち直ったエレナが俺の身を心配して駆け寄ってくる。

「ケンゴ様‼」

「すまない、心配を掛けたな」

「いえ。それより、お怪我はされていませんか？」

「ああ、問題ない。心配してくれるのはありがたいが、あいつをどうにかしないといけないな」

「駄目です！　ケンゴ様はゴブリン隊と共にこの社から今すぐ撤退してください」

撤退？　あんなに敵意を剥き出しにして攻撃してくる奴を放ってか？

「お前達はどうするんだ？」

「私達はあの女に自分がしたことの報いを受けさせます」

「だったら撤退はなしだ。俺はエレナ達を置いて逃げるつもりはないからな」

俺はそう言いながら立ち上がり『スキルブック』を開く。

「ですが！　もしまたケンゴ様の身に何かあったら……」

「大丈夫だ、確かに油断していた俺も悪いが、今はお前が側にいる。エレナ、お前が俺を守ってくれるんだろ？」

「はい！　次は必ず‼」

「なら問題ない」

俺はゴブ一朗達が未だ戦い続ける場所へと、スキルを取得しながら歩いていく。

「あら？　あなた、私の『遠当《とおあ》て』を無防備に受けていたみたいだけど、どうして無傷なのかしら？　このゴブリンといい、獣人の子といい、少し硬すぎじゃないかしら？」

ラーナはゴブ一朗達と剣を交えながらも俺を視認《しにん》すると、ゴブ一朗達から距離を取って俺にそう聞いてくる。

「スキルをたくさん持っているのは、あなただけじゃないんですよ」

その言葉を聞き、ラーナは少し警戒するように眉根《まゆね》を寄せる。

「どうしてそれを知っているのかしら？　まさか正体だけじゃなくて、私の力まで……」

ラーナがそう言い切る前に、俺は再び周囲に『風魔法』を展開する。

「……やっぱり、見えているのね」

「あなたも本当に良いタイミングで撃ってきますね」

「それでもこんな風に私の『遠当て』を防がれたのは初めてだわ」

それは俺が『魔力祭知』によって魔力の塊を直接見ているからだろう。

塊が膨《ふく》らみ、弾ける前にそれ自体を散らしているのだ。

「それで、次はあなたが私の相手をしてくれるの？」

「そうですね。その前に、いくつか聞いてもいいですか？」

「あら、構わないわよ」

ラーナはそう言うと、こちらに構えていた剣を下げて、俺を品定《しなさだ》めするような視線を向けてきた。

その態度は、やはりまだどこか余裕があるように見える。

「何故あなたは神樹から魔力を奪うのですか？」

「魔力が必要だからよ」

そりゃあそうだ。

だが、俺が聞きたいのはなんの目的で魔力を奪うのかだ。

そこら辺は教えてくれないんだろうな……

「そのせいで、うちの拠点が襲われたわけなんですが、魔力を奪うことで神樹に与える影響やデメリットは考えなかったんですか？」

「それは私には関係ないわ。必要だから奪っただけよ。ついでにあなた達を潰せれば上々だったんだけど、そう上手くはいかないわね」

俺達を潰す？　どういうことだ？

「……最初から俺達を潰す気だったんですか？」

「ええ、そうよ。あなた、王国では散々《さんざん》邪魔してくれたみたいね？　王女の誘拐は失敗するし、勇者も捕まるしで、折角《せっかく》用意した計画が駄目になって、本部のお偉方はご立腹《りっぷく》よ。でも森で魔力収集していた私の探知網《たんちもう》に引っかかったのが運の尽きよ」

そう言って、ラーナは不敵《ふてき》に笑う。

王国で邪魔？　王女の誘拐に勇者？　それらの単語から連想させる事柄に、俺は不安を覚える。

「私達があなた達の計画とやらの邪魔をしたから、エルフをけしかけたんですか？」

「ええ、そうよ。都合良く、エルフはあなた達に悪感情を抱いていたし、精霊のふりして巫女にあることないこと吹き込んだら、簡単に動いたわ。でもやっぱり亜人はダメね。魔纏着を渡しても結局やられちゃって、挙《あ》げ句《く》、敵をここまで連れて来ちゃうんだもの。本当に役に立たないわ」

精霊を騙《かた》った？　しかも魔纏着を渡す？　やはりこいつらは……

「まさか……黒の外套？」

「ふふっ、正解よ。ここまで邪魔されるのは想定外だったけどね。あなた、聞いていた話よりよっぽど強いじゃない」

黒の外套だと？　俺はその事実に驚愕した。

正直こんなところで会うとは思っていなかった。

よくよく考えればエルフが魔纏着を持っていたり、魔力の枯渇《こかつ》やその魔力集めなど、黒の外套がやっていたことそのままだ。

何故気づかなかった？　しかも今回は明確にうちの拠点を潰しにきている。

これはかなりまずい……

今回は精霊を語ってエルフをけしかけたみたいだけど、拠点の場所がバレている可能性があるな。

まだこの女しか知らないのか、既に本部まで伝わっているのかはわからないが、この女――ラーナは確実にここで倒しておく必要がある。

「想定外ですか。それは嬉しい評価ですね。ですが……諦めるつもりはありませんか？」

「無理ね。私達はやられたら絶対にやり返すわ。それも倍返しで」

「私達はひっそりと暮らしたいだけなんですがね？」

「干渉したのが間違いね。あなたが生きている限り私達はいつもあなたの側にいるわ」

「残念です」

「ええ、私もあなたみたいな男を殺すのは本当に残念だわ」

そう言葉を切ると、ラーナは剣を構え、物凄い勢いでこちらに向かってきた。

（ゴブ一朗、リン、その場で止まれ）

向かって動き出した女に反応して動きはじめたゴブ一朗とリンを、俺は念話で制止した。

このままゴブ一朗達が再び接近して戦うと、先ほどのような展開が続く可能性が非常に高い。

そうなってしまったら、また俺が手を出しにくい状況になってしまう。

戦闘に関して素人《しろうと》の俺が近接二人の動きに合わせると、絶対に無理だからな。

ここは申し訳ないが、二人には少し我慢してもらおう。

ラーナも自分を牽制《けんせい》してくるであろう二人が突然動きを止めたことに少し警戒したようだが、そのままこちらに向かって来ている。

「エレナ、相手が接近してきたら任せても大丈夫か？」

「お任せください。ケンゴ様には指一本触れさせません」

このままだとあと数秒でラーナが目の前まで来るので、俺は急いで魔法の展開を始めた。

しかし、相変わらずエレナの言うことは男前だな。

俺も一度でいいから〝指一本触れさせない〟とか言ってみたいものだ。

「あなた、武器は構えないのかしら？」

ラーナはそう言いながら剣を構え、こちらに向かって少し跳躍した。

俺は武器の扱いは苦手だから、基本は無手《むて》なんだよ。

武器がないのを心配するくらいなら、そのまま攻撃しないでもらえると非常にありがたい。

しかし、相手が跳躍した時点で俺の希望が叶わないのは確実だ。

俺に斬り掛かろうと向かってくるラーナを確認したエレナが、その攻撃を受け止めるべく間に割って入ってきた。

「行かせません‼」

エレナはそう叫ぶと、ラーナが振りかぶる剣に合わせて自身の剣を構える。

その瞬間、俺は先ほど展開した魔法を使って、社の下の地面から床を突き破るように土の棘を出現させた。

「ッ⁉」

突然の攻撃にラーナは驚愕したが、瞬時に軌道《きどう》を逸《そ》らして剣でそれを受け止める。

だが棘が突き出す速度が速かったのか、ラーナは受け止めた勢いで剣ごと後方へと吹き飛んでいった。

おお、上手くいったな。

とりあえずラーナと距離を置くことに成功した。

当たれば最高だったんだが、欲をかいても仕方がない。次に当てればいい。

しかし、剣を持った人間が迫ってくる様子を間近《まぢか》で見るのは本当に心臓に悪い。

できればこのまま一定の距離を保って戦闘を行うのが理想なんだが……

社の床を完全に壊して突き出た土の棘に視線を向ける。

既に社が燃えているところに加えて、床まで壊してしまったな。

ようやくゴブリン隊が巫女達を避難《ひなん》させたので、彼女達の安全は確保できたが、社を弁《べん》償《しょう》しろとか言われたらどうしよう。

神樹を祀っている社だからしっかり作られているし、この木材自体も普通とは少し違う気がする。

まぁ、神樹が枯れる原因はあの女にあるから、それを排除するために仕方なかったと割りきるしかない。

弾き飛ばされたラーナは体勢を立て直し、前触《まえぶ》れもなく突き出してきた身《み》の丈《たけ》ほどある巨大な棘に見入っている。

おいおい、戦闘中に止まっていて大丈夫か？　まだまだいくぞ？

俺は相手に追い打ちを掛けるようにどんどん『土魔法』で土の棘を出現させていく。

ラーナは驚きながらもそれを辛《かろ》うじて避け続けるが、俺は彼女の着地点を予想して棘を出している。

残念だけど、空を飛ばない限りもうこの社に安全地帯はないぞ？

「ちっ！　鬱陶《うっとう》しいわね！」

そりゃあ、足元から棘が生え続けたら鬱陶しいだろうな。

どうやらラーナは、余裕がある状態でないと『遠当て』のスキルが使えないようだ。

まぁ、使ってきたところで散らすだけだから問題はない。

先ほど、俺は魔法関連を強化する『魔法操作』と『魔力強化』を取得した。共に必要値が100と安いが、上限まで上げた結果、魔法の発動速度と精度《せいど》がかなり向上している。

あとは既に持っている『魔力制御』と『風魔法』もLV10の上限まで取得した。

『風魔法』は『遠当て』の対策として、『魔力制御』は自身の魔力を効率良く魔法に変換するためだ。

俺の魔力量はかなり多いから余裕があるとはいえ、魔力が切れると俺は一気に役立たずになるからな。それは絶対に避けたい。

「ああもう！　なんなのよ、この棘は！」

ラーナはかなり苛《いら》ついている。

多分、ラーナから見たら誰が魔法を使っているかわからないからだろうな。

魔法を使うのに一番大切なのはイメージで、詠唱や印《いん》ではないのだが、どういうわけかみんな手を振ったりかけ声を発したりする場合が多い。

俺は『魔力制御』で自分が展開できる範囲を把握しているから、その範囲内で魔力を魔法に変換し使用している。

そのおかげで、一切の予備動作なしに魔法を行使することが可能だ。

まぁ、俺が『遠当て』を無力化したのは向こうもわかっているだろうから、俺がやっていると見当を付けているとは思う。

だが、たぶん『魔力察知』系のスキルがないと、端から見る限り俺は剣を構えるエレナの後ろにこっそり隠れているように見えるはずだ。

なんとも格好悪い……

いずれ魔法を行使する時に、何か格好良い動作を入れる練習をした方が良いかもしれないな。

俺がくだらないことを考えながら魔法を行使し続けていると、ようやくラーナに動きがあった。

棘が生え続ける床に着地するのを諦め、今度は俺が出現させた棘の上に着地しようとしているようだ。

ああ、それは悪手《あくしゅ》だ。俺の魔力が通った土だぞ？

ラーナが斜めに生えた棘の側面に足を置いた瞬間、その直下から新たな棘が出現して彼女の足を貫《つらぬ》いた。

「ぐっ！」

ラーナは足を貫く痛みを堪《こら》えながら跳躍し、今度は天井の梁《はり》に掴《つか》まった。

やっと当たったな……

もう少し早く当てられると思ったんだが、相手が予想以上に素早かった。

ラーナもリンと同様に遠距離攻撃よりも接近してスキルを奪いにくるタイプだと思っていたら、案の定《じょう》『遠当て』以外は遠距離攻撃をしてこない。

まぁ、近接の方が多くのスキルを組み合わせられるから便利なのはわかるけど、ほぼ遠距離専門の俺とは相性が悪そうだ。

「あなた、なかなか嫌らしい攻撃をするわね」

ラーナは余裕の笑みを崩さない。

「あなたほどではないですよ」

ラーナに応えつつ、ゴブ一朗に念話する。

（ゴブ一朗、リン、相手は手負《てお》いだ。追い詰めるぞ）

（『ああ、だがあの調子で主に魔法を使われると、俺達まで巻き込まれるぞ』）

（私も、あれを避ける自信はないかな……）

ふむ、やはりお互い手数が多すぎて連携は難しいか……

俺とゴブ一朗達は連携の練習すらしていないからな。

（マリア、俺の魔法は見えるか？）

（はい、発動が速いですが、私には『予知』があるので、それなりには把握できています）

（だったら俺の魔法の隙をついて攻撃できるように、ゴブ一朗達に指示してくれ。無理なら手を出すな）

ここは俺がゴブ一朗の攻撃の間に手を出すより、ゴブ一朗達が俺の魔法に合わせてくれた方が、上手く行く可能性が高い。

マリアには負担が大きいだろうが、無理をしない程度に頑張ってもらおう。

（わかりました。必ずあの女の首を取ってみせます）

気合《きあ》いを入れるマリアに、ゴブ一朗とリンが応える。

（『マリア、頼むぞ』）

（私の命、預けたからね！）

（いや、お前達、無理なら無理で手を出さなくていいんだぞ？）

俺はゴブ一朗達のやる気の高さに驚きながらも、未だ梁の上にいるラーナへと視線を向けた。

ラーナはこちらを探るような目でじっと見ている。

『土魔法』を足に当てることは成功したが……さて、これからどうしようか。

梁の上にいられたらさすがに『土魔法』は届かないだろう。仮に、届いたとしても、地面から遠いので棘を伸ばしている間に躱される。

『風魔法』は室内だからそこまで強い風が作れないし、さっき見た通り火には耐性を持っていそうだ。

水は大気から作れる量に限りがあるし……

いや、以前マリアが『収納袋』に溜めていた水が使えるか？

だが、『収納袋』から出る水の勢いだけで下に落ちてくれるだろうか？

まぁ、俺には魔法以外にできることがなさそうだからやるしかない。

いっそのこと、この社を壊した方が戦いやすいのではないだろうか？

外に出れば俺は何も気にせず魔法を使用できるし、ゴブ一朗達も障害物がなくなって戦いやすくなるはずだ。

それ以外だと、俺が転移で後ろに回って叩き落とすという直接的な方法もあるけど、いかんせん相手のユニークスキルの『コピー』が怖い。

どの程度触られたら駄目なのかわからないが、俺のスキルをコピーされるのが一番まずい。

『召喚』スキルとかを奪われて逃げられたら、後々面倒なことになりそうだからな。

「まさか、これを使うことになるとは思ってもみなかったわ」

俺が共有『収納袋』の中から水を出そうとしたところで、ラーナも梁の上で懐から何かを取り出した。

あれは……

「それは魔纏着ですか？」

「あら？　魔纏着を知っているの？　でも、これはあんな量産品とは少し違うわよ？」

ラーナはそう言い切ると魔纏着を自身に展開しはじめた。

しかし、他の物とは何が違うのだろうか？

なるほど……纏う魔力の質というか純度《じゅんど》が、以前見た魔纏着のそれよりも明らかに濃い気がする。

それにこれは……神樹から魔力が供給されているのか？

『魔力察知』で初めてわかるレベルだが、ラーナの纏う魔力に紐付《ひもづ》けされるように神樹から魔力の線が伸びている。

俺が知っている魔纏着は、内包している魔力を使って自身を強化する魔道具だ。

劇的な強化は脅威《きょうい》だが、相手が魔力を使い果たしたら元に戻るので、時間さえかければどうとでもなる。しかしラーナは素《す》の能力でもゴブ一朗達と打ち合えるほど身体能力やスキルのレベルが高い上に、神樹から魔力供給を受けている。さすがに、神樹の魔力が切れるのを待つのは不可能だ。

これはまずいかもしれない……

魔力の流れを追っていると、魔力を纏い終わったラーナがこちらに話しかけてきた。

「どう？　あなたには違いがわかるかしら？」

「正解かどうかは知りませんが、それは神樹の魔力を使用してるんですね」

「へぇ、そこまで初見で見破ったのはあなたが初めてよ。そこのゴブリンと獣人の子も私に触れようとしなかったから、もしかして私の能力も全部バレているのかしら？」

「さぁどうでしょうか？　でもあなたがそう言うのであれば、なるべくあなたには触れない方が良さそうですね」

「よく言うわ。けど、警戒した程度で私から逃げられると思っているのかしら？　ほら見て、足ももう治《なお》ったわよ？」

ラーナは先ほど『土魔法』で貫かれた足をこちらに見せつけてくる。

確かに、傷がなくなっているように見える。

まさか、傷まで治せるのか？

だとしたら厄介だな。

『土魔法』でもなかなか当てられなかったのに、傷の回復までできるとなると、どうしても長期戦になる。

魔力切れは期待できないし、首を飛ばすなどして一撃で相手を殺すような技術も俺にはない。

さらに相手は『コピー』持ちだ。

一度捕まれば俺達が圧倒的に不利になるだろう。

さて、本当にどうしようか。

「あら？　今更後悔《こうかい》したって遅いわよ？　あなた達のせいでもうここにはいられないだろうし、魔力は別の所で集めることにするわ。その代わり、あなた達、特に黒い髪のあなたの力を貰《もら》っていくわよ」

そう言って、ラーナは俺に微笑《ほほえ》みかける。

「それは勘弁してほしいですね。私にも守るものがありますから」

「そう、だったら戦うしかないわね。準備はいいかしら？　行くわよ！」

直後、梁の上からラーナが忽然《こつぜん》と姿を消した。

消えた⁉

目を逸らしたつもりはないのだが、今俺の視界の中にはラーナの姿は見当たらない。

ゴブ一朗達も視線を彷徨《さまよ》わせているので、彼らも相手を見失っているようだ。

逃げたか？

……いや、まだいるな。

一瞬、もう戦闘をしないで済むかと思ったものの、やはりそんなに甘くはないか……俺の幸運は仕事をしない。

「ゴブ一朗‼　前だ‼」

「ゴブ一朗先輩‼　右前上方から袈裟《けさ》切《ぎ》り」

俺とマリアの警告が重なる。

それに反応してゴブ一朗が前方に剣を横薙《よこな》ぎにした直後、剣を振り下ろしたラーナの姿が現れた。

いや、現れたんじゃないな。

ゴブ一朗が攻撃されたことによって、俺達が認識できるようになったのか。

恐らく、これは『神樹の加護』だな。

魔纏着で神樹の魔力を纏うことによってその効果が発揮されたのか？

これは厄介だな……

だが、非常に面白い現象だ。帰ったらぜひアルバートに教えてやろう。

「ふふっ、この状態の私を止めるなんて、あなた達は本当に何者なのかしら？　後であなた達の記憶を奪うのが本当に楽しみだわ」

『そんなことは絶対にさせん‼』

ゴブ一朗がそう叫びながらラーナを打ち払った。

「どこまで頑張れるかしら……」

女は再び距離を取るとまた俺達の視界からその姿を消した。

ああ、こいつは本当に厄介だな……

俺は急いで消えたラーナの気配を追う。

『気配察知』と『魔力察知』を全開にして探っていると、視界には一切見えないが、動く反応を捉えた。

ゴブ一朗に斬りかかった後再び姿を消したが、これは……離れていっている？

マリアは現段階では相手を見失っているようで、全神経を集中して辺りを窺っている。

マリアの『予知』は、対象を決めて発動するものだから、相手が見えない以上、ラーナの行動を直接予測することはできない。対象をゴブ一朗達に設定するしかないので、どうしても後手に回る。

それでも、相手が攻撃する瞬間は認識できるから、警告するのは不可能ではない。

しかしこのまま長期戦に持ち込まれると、精神的な疲労も含めて、こちらがどんどん不利になっていく。

早急に対策を立てる必要があるな……

思案していると、ラーナの気配がある点で止まった。

俺達から離れて何をする気なんだ？

反応がある方向を見ていると、先ほどゴブ一朗が投げつけた剣が前触れもなく浮いた。

そして次の瞬間、俺達の視界の中にそれを拾うラーナの姿が再び現れた。

「あら？　これ魔法で作られた物なのね。そこのゴブリンの剣が異様に硬いから、頂こうと思ったけど、これだと複写《ふくしゃ》できないわ」

ラーナは俺が作った土ショートソードの柄《つか》を握って感触《かんしょく》を確かめているようだが、まさかそれを使うつもりか？

最近ゴブ一朗は進化で体格が大きくなったので、ショートソードでは短いから土ロングソードに変更している。

以前使っていた土ショートソードは予備の武器として携帯《けいたい》していたから、相手に投げつけたのだろうが、それを拾われるとは……

俺達にそれを回収する余裕などなかったので、もはや後の祭りだ。

取られたのであれば、どうにかするしかない。

既にこの社の周囲まで俺の魔力を流して、いつでも魔法は展開できるようにしてある。

「これもあなたが作った物なのかしら？」

「そうですよ」

ラーナは土ショートソードを見つめながら俺に問いかけてくる。

「そう、ケンゴ様だったかしら？　もう一度聞くけど、あなた、私と一緒に来ない？」

この女、いきなり何を言っているんだ？

案の定、ラーナの言葉を聞いてから俺の隣にいるエレナが今まで以上に殺気立っている。

「どうして俺を？」

「これが魔法だけで作られた物だとしたら、私達にとってもの凄い脅威になるからよ」

「脅威……ですか」

「わからない？　魔法で作るということは、形状も自在だし魔力のある限り量産もできるのよ？　戦争は人を集めるだけじゃなくて、武具を揃えるのも同じくらい重要だわ。それが、あなたがいるだけで解決できるなら、今敵対していようと関係ないわ。私と来ない？　優遇するわよ？」

エレナだけじゃなく、マリアやリンからも刺さるような視線を感じる。

絶対に無理だ。俺だって命が惜《お》しい。

あの女についていくと返事をした瞬間、恐ろしいことになる気がする。

しかし戦争か……

こいつら、戦争する予定でもあるのだろうか？

それとも、今回みたいに裏で糸を引いて他の勢力をけしかけて戦争を起こすつもりか。

本当にこの世界は物騒だな。いずれにしても、こんな連中とは関わりたくはない。

俺達は拠点で静かに生活していきたいだけなんだから。

「遠慮させていただきますよ。私は戦争とか、そんな物騒なことにあまり関わりたくないので」

「ふふっ、エルフを襲撃して里まで占領《せんりょう》しておいて、どの口でそんなことを言うのかしら？　いいわ、残念だけど、仲間にならないなら……このままあなたを見過ごすわけにはいかないわね。私の能力が漏れたら困るし、脅威の芽《め》は早めに取り除かないと後々面倒なことになりそうだもの」

「結局戦うしかないみたいですね」

「そうみたいね。さぁ準備は良いかしら？　行くわよっ！」

そのセリフと共に、ラーナが再びその姿を消した。

やはり視界からは完全に消えているが、気配と魔力はしっかりとスキルで捉えられている。

しかし、これは……っくそ！

（マリア!!　お前の方に向かっているぞ、気を付けろ!!）

俺は急いで『土魔法』を展開しようとするが、ラーナが動くスピードが先ほどよりも数倍速い。

さっきゴブ一朗に撃ち込んだ時は手加減していたのか？

だが、そんなことよりもマリアだ。

マリアが俺の念話に反応して弓を構えるが、やはり相手が見えていないのかどこを狙えばいいか判断がつかない様子だ。

俺はラーナの気配と魔力を頼りに『土魔法』を発動し、床から棘を出現させるが、命中させられない。

気配は何事もなく棘の間を抜けてマリアに接近する。

俺がラーナの姿を視認した時には、既にマリアに剣が振り下ろされていた。

マリアが自分を認識できていないことを嘲笑《あざわら》うかのように、ラーナの刃は防御のために構えた弓ごとその身を……

「マリアッ‼」

俺の視界内で、マリアが鮮血を噴き出しながら倒れていく。

俺は即座に『回復魔法』を掛けるために駆け寄ろうとするが、ラーナはさらに空《あ》いた手を倒れるマリアの首へと伸ばす。

「くそっ！　離れろ‼」

俺はラーナを吹き飛ばす勢いでマリアとの間に分厚《ぶあつ》い壁を出現させた。

「あら、残念。せっかく私の動きを読んだスキルがわかると思ったのに」

ラーナは床から突き出したのが棘ではなく壁だったことに少し驚いた様子だが、マリアから離れると再びその姿を消した。

気配で所在《しょざい》はわかるが、今はそれどころではない。

俺は逸《はや》る気持ちを抑えながらマリアのもとへと転移し、崩れ落ちる体を受け止めた。

「マリア‼　大丈夫か⁉」

傷口を見ると、防具の隙間《すきま》を通すようにして、鎖骨《さこつ》から横腹にかけて一直線に斬り裂《さ》かれているのがわかる。

動脈が傷つけられているのか、出血量も多い。

まずいな……

マリアは軽装だが、何かあった時のために心臓部――魔石がある場所には『土魔法』でコーティングした防具で守っている。

しかし、ラーナはゴブ一朗とやりあって防具の硬さを知っているから、それを上手く避けて攻撃してきた。

動きやすさを重視して、ゴブ一朗達に比べて防具を装備している箇所が少ないのが裏目《うらめ》に出た形だ。

軽装だと攻撃を受けたら必然的にダメージは大きくなるのはわかっていたのだが、まさかマリアが攻撃を受けるとは……

彼女の『予知』は他者を対象として発動するから、自分の未来は見えない。

今回、ラーナが『認識阻害』を使うせいで、対象に指定できないため、味方が攻撃されない限り『予知』を発動させることができない。

エレナも俺の方に付いているせいで、守るのが遅れてしまった。

くそっ、俺は何をしているんだ‼

こいつらのことを守ると言いながら、気が付けば助けてもらってばかりいる。

俺は結局何もしていない。

最近ではゴブ一朗やエレナ達を脅《おびや》かす存在はいなかったし、マリアの『予知』が効かない相手など今までいなかった。

俺は本当にエルフの襲撃で危機感を持っていたのか？

またこいつらに任せれば全て問題なく終わると思っていたんじゃないか？

今回のことは完全に俺の怠慢《たいまん》だ。

ゴブ一朗達の強さの上に、胡座をかいて油断していた。その結果がこの様《ざま》だ。

マリアの魔石が壊れなかったから良かった？

そんな問題じゃない。

マリアは俺の腕の中で呼吸をするのも辛《つら》そうにしている。

既に顔は血の気《ちけ》が失《う》せて蒼白《そうはく》になっているし、俺の手にはマリアの体が震える弱々しい振動が伝わってくる。

「ゴホッ、ガハッ……はぁ、はぁ……ケ、ケンゴ様……申し訳ありません……油断しました……」

「いい、気にするな。少し休め」

「ゴホッゴホッ、で、ですが敵がまだいます……私のことは捨て置いて、早くエレナさんのところに……」

「わかっている。もう喋るな。休んでいろ」

俺はマリアに『回復魔法』を掛けながら、自分の周囲に分厚い壁を乱立させた。

「ふふっ、やっぱりあなた、私のことが見えているのね。いったいどんなスキルなのか教えてくれる？」

「黙れ」

俺はさらにマリアに『回復魔法』を掛けながら『土魔法』と『風魔法』をラーナの気配に向けて全力で打ち込んでいく。

（エレナ、もうすぐマリアの傷が塞がる。だが表面上だけだ。命には問題ないかもしれないが、体力が心配だから、マリアを連れて社を出て、どこか落ち着ける場所に退避《たいひ》しろ）

（お言葉ですが、ケンゴ様……）

（俺は退避しろと言ったぞ？）

（……わかりました）

（ゴブ一朗、リン、お前達もだ。今すぐこの社から出ろ）

（『……主を置いてか？』）

（そうだ、俺もすぐに外に出る）

（『……了解だ』）

念話が切れると同時に、ゴブ一朗達がそれぞれ動きはじめた。

初めはどこか俺の言葉を怪しむような雰囲気だったが、俺の様子を見てみんなすぐに動き出してくれた。

ゴブ一朗とリンは外に繋がる場所に、エレナは俺のもとに向かって走りはじめているのが気配と魔力でわかる。

さらに、それを見てラーナが動きだしたことも。

俺は『収納袋』から取り出した魔力ポーションを呷《あお》りながら、再び『土魔法』で壁を作り、近付けないように進路を妨害する。

先ほどから魔法やスキルを同時に使いまくっているせいか、頭が凄く熱い。

そもそも、俺の魔法は呪文の詠唱もなく完全に脳内のイメージをトリガーにして発動しているから、複数同時に使用するには俺の頭が追い付いていないのだろう。

このまま無理して使い続けると何かしらの弊害が出そうだが……今はそんなことを気にしている場合ではない。

「ケンゴ様、顔色が優れないようですが。やはりここは私が……」

エレナがマリアを抱きかかえながら、俺に心配そうな視線を向けてくる。

「大丈夫だ。それよりも、早く外に向かってくれ」

「……はい。ですが、あまり無茶をしないでください」

「ああ、わかっている」

俺の返事を聞くと、エレナはぐったりしているマリアを抱えて社の外へと向かって走り出した。

エレナは最後までこちらを気にしていた。

こんな時にも素直に頼ってもらえない自分の不甲斐《ふがい》なさに嫌気《いやけ》が差す。

俺は外へと走るエレナを見送りながら、その周囲に生成されつつある『遠当て』の魔力を『風魔法』で拡散《かくさん》させる。

俺の魔法を躱しながら注意が逸れた相手に的確に『遠当て』を放ってくるラーナは、本当に嫌らしい性格をしている。

「よくこれだけの魔法を躱しながらエレナ達に嫌がらせができるな。先に魔法を放っている俺をどうにかした方がいいじゃないか？」

俺の言葉に答えるように、『土魔法』で作った土の壁の横から女が姿を現した。

「……ふふっ、確かに、あなたの魔法は一番鬱陶しいけど、弱い相手から潰していくのは戦闘の基本よ？　それに、さっきのあなたの焦り方を見ると、他の子を狙うのがかなり効果的だと思うわよ？　実際、あなたは他の子を守るために私を攻める手数を減らしているみたいだし」

確かに、複数の同時魔法を展開するとなると、どうしても操作できる範囲や動きが制限される。

そのせいでラーナは未だ余裕を見せているし、どんどん神樹の魔力も吸い取っていっている。

放っておけばいずれ神樹が枯れてしまうだろうが、そんなことはもう俺には関係ない。

俺はこれ以上あいつらが傷つく姿は見たくない。

「お前の言う通りだな。だが、もうこの社の中にいるのは俺とお前だけだ。俺も早くマリアのところに向かわないといけないから、決着をつけるぞ」

俺はそう言いながら『風魔法』を社の内部へと広げていく。

「あら？　私はまだあなた達と遊んでも構わないわよ」

「遠慮させてもらう。お前はここで終わりだ」

その言葉と同時に、俺は目の前に全力で『爆炎魔法』を放った。

目が眩《くら》むほどの閃光《せんこう》と共に、社の内部の空間が爆発した。

体に感じる熱量でわかるが、予《あらかじ》め『風魔法』で社内の空気中の酸素含有量《がんゆうりょう》を弄っておいたので、普通に爆発させるよりも遥かに威力が高くなった気がする。

先ほど『風魔法』を上限まで取得したおかげで、俺が魔力を広げた範囲の空気の成分が

大体わかるようになった。

細かい割合までは無理だが、成分の多寡《たか》くらいは把握できるので、相手の耐性を上回《うわまわ》る威力を確保するために酸素を調整してみたというわけだ。

自分が展開した障壁に爆風が触れた瞬間、俺はゴブ一朗達のもとへと転移した。

転移すると、目の前には外に退避したゴブ一朗達とエルフを連れ出したゴブリン隊の面々が燃えさかる社を唖然《あぜん》とした表情で見つめていた。

このままでは火が神樹に燃え移りそうな気配まである。

あまりの大規模な火災にどうしていいかわからず、みんな困惑しているようだ。

エルフ達に至っては、俺が放った『爆炎魔法』の爆発が神樹の根元の一部を焦《こ》がしてしまったのに絶望して泣き崩れている者もいる。

エルフ達が嘆く様子を見ていると少し申し訳なく感じるが、俺の方も手段を選んでいる余裕は一切ない。

俺が油断したせいでうちの奴が傷ついた。俺にとって、拠点のみんなの存在は何よりも優先度が高い。エルフの社や神樹など比べるまでもない。

さっきまで俺は、社を壊したら怒られるとか……いったい何を気にしていたのだろうか？

力を出し惜しみした結果、マリアは今も倒れたままだ。

自分の愚かさに嫌気がさす。

もう二度とこんな過《あやま》ちは犯したくない。

俺は歯噛《はが》みしながら、エレナに介抱《かいほう》されているマリアに視線を向ける。

傷は塞がっているものの、まだ肉体的なダメージが残っているのか、意識は失ったまだ。

できれば早急に拠点に戻って治療《ちりょう》に専念したい。

「ゴブ一朗、あれから何か問題はあったか？」

俺が声を掛けると、みんな驚いたように凄い勢いでこちらを振り向いてきた。

この様子だと、爆発に気を取られすぎて俺の存在に気付いていなかったんだろう。

ゴブ一朗達まで気付かないのは珍しいな。

『こちらは問題ない。主の方こそ、あれほどの爆発だ、何かしらダメージは負っていないのか？』

「いや、俺は巻き込まれる前に逃げたから大丈夫だ。さっきは急に外に出ろと言ってすまなかったな」

『問題ない。むしろ言ってくれて良かった。余波《よは》だけでこの威力だ。もしあの爆発に呑まれたら、俺達もただではすまなかっただろう』

まぁ、今回は確実に仕留めるつもりで撃ったからな。

被害は度外視《どがいし》だ。

一応『気配察知』で確認したところ、味方に大きな被害はなさそうだ。本当に良かった。

「エレナとリンも大丈夫だったか？　外に飛び出してからあまり時間を置かずに爆発させたから爆風で怪我はしなかったか？」

「私も問題はありません」

「私もちょっとビックリしましたけど、大丈夫です！」

「そうか。マリアの容態《ようだい》はどうだ？」

エレナはマリアの額《ひたい》の汗を拭いながら答える。

「傷は完全に塞がっています。ですが傷を受けたショックと内臓関係のダメージがあるのか、意識はまだ戻りません。念のために回復ポーションを傷を受けた場所に塗《ぬ》り込んでいるので、問題はないと思います」

「それは良かった。拠点に戻ったら、もう一度体調確認も含めて『回復魔法』を掛けるぞ」

「拠点に戻ってから行うのですか？　もうあの女もいないのですし、今この場で処置した方が……」

「あ、あの爆発はあなたがやったんですかっ⁉」

俺がエレナ達の無事を確認しながら話をしていると、巫女を含むエルフ達が凄い剣幕《けんまく》でこちらに向かってきた。

ゴブ一朗の言葉はわからないだろうから、恐らく俺の言葉を聞いて話しかけてきたのだろう。

「そうですよ」

「神樹を見てください‼　ああ、あんなに焼け焦げてしまって……このまま神樹がさらに弱って枯れてしまったらどうするんですかっ！」

巫女は全て俺が原因であるかのように責めてくる。

まぁ、巫女達はゴブリン隊がすぐに避難させたから、ラーナが何をやっていたか知らないのだろう。

そのせいで、俺が神樹を調べるために触れて、いきなり侍女の一人と争いだした結果、神樹が焦げたように見えるはずだ。

巫女は顔を真っ赤《まか》にして俺に捲《まく》し立《た》てる。

「いったいどう責任を取るつもりですか⁉」

「責任？」

「そうです！　神樹が枯れれば、その加護を受けている集落の全てが魔物達に襲われる危機に晒されます。その責任を、あなた達はどう取るつもりですかっ⁉」

「確かに神樹を焦がしたのは私ですが、神樹の魔力を奪って枯らしていたのはあの侍女です。あのまま放置しておけば、それこそ神樹が枯れたのではありませんか？」

「ですが、その侍女の姿はどこにあるのですか⁉　あなた達の言い分だけ聞いて信じろと言われても無理があります！」

怒鳴《どな》り散らす巫女を見兼《みか》ねて、ガルアが宥める。

「み、巫女よ、その辺でやめておいた方が……」

「ガルア様は黙っていてください‼　これは今後の神樹の存続に関わることなんです‼」

ふむ、いくら詳しい事情を知らないからといって、魔力を奪った相手ではなく、俺達を非難するのは筋違《すじちが》いだ。そもそも今回誤解で俺達を襲撃したのに、謝罪すらされていない気がする。

大事な神樹に被害が出ているので慌てているのはわかるが、もう少し冷静に考えてほしい。

閉鎖的な環境で他と交流がなかったんだとしても、エルフに良いところは全くない気がする。

神樹の加護がなくなったら誰もついてこないんじゃないか？

そんなやり取りを聞いて、ついにエレナが我慢の限界を迎えた。

「いい加減にしなさい！　あなたは何様ですか？　ケンゴ様にこのような物言い……今すぐ殺しましょうか？」

「こ、殺す？　神樹の巫女である私を殺すと言うのですか？」

「神樹の巫女？　私にとってはただのエルフの女ですよ」

そう言いながらエレナが腰の剣に手を掛ける。

「待ってくれ！　巫女の非礼《ひれい》は詫びる！　頼むから武器をしまってくれ！」

ガルアが一触即発《いっしょくそくはつ》のエレナと巫女の間に割って入る。

次の瞬間、俺はその周囲に『風魔法』を展開した。

「!?　ケンゴ様、いったい何を!?」

突然の魔法による強風に、ガルアもエレナも体を低くして堪えているが、俺の意図が読めずに困惑している。

すまないな、アレは声を掛けてから対処すると間に合わないんだよ。

俺はそれを放ったであろう人物がいる方に視線を向ける。

本当にしつこい。さっき『気配察知』で確認した時は何も反応はなかったんだがな……

やがて、未だに燃えている神樹の根元付近から炎を掻き分けて一つの人影が姿を現した。

「……よぐもやっで……ぐれた……わね？　ぜっだいに……許ざないわ」

爆炎で喉をやられたのか、声が上手く出ていない。

「よくあれで生きていられるな……」

炎の中から出てきたラーナは、目を背《そむ》けたくなるほど無惨な姿をしていた。

片腕は吹き飛んで失われ、体の至る所が焼《や》け爛《ただ》れ、各所から血が流れているのが見て取れる。

よくあの状態で立っていられるな。

あの女は俺の『爆炎魔法』を間近で受けたんだ。人の形を保って生きているだけでも驚きだが、まさか歩いて自力で出てくるとは……

「⁉　ケンゴ様っ‼　お下がりください‼」

俺の視線を追ってそちらを向いたエレナ達が、ラーナの存在に気付いて身構える。

それにしても、あんな状態でも普通にスキルを使ってくるとは、あの女、いったいどういう精神をしているのだろうか？

しかもよく見ると、回復のために凄《すさ》まじい勢いで神樹から魔力を抜いているのがわかる。

さっきから神樹がみるみる枯れている原因の一つはこれだろう。

「いや、下がるのはお前達だ。マリアがいない今、あいつのスキルが見えるのは俺だけだろ？」

「ですがケンゴ様！　あれほどの魔法を使った後です！　せめてケンゴ様の前衛に私達をお使いください！」

「駄目だ。申し訳ないが、今回は足手纏《あしでまと》いだ。俺一人の方が恐らくダメージを与えられる」

「っ‼　……ですがケンゴ様の身に何かあっては……」

「俺一人の方が加減しなくて済む分、対処しやすいのはわかっているだろ？　頼むから今回は聞き分けてくれ」

「……ですが」

「グギャゲ、ガギャギャギャ」

「はい……わかりました……」

ゴブ一朗が何か言うと、エレナは渋々引き下がったが、周囲にいるリンやゴブリン隊の面々は意気消沈《いきしょうちん》している。

まぁ、本当に今回は俺一人の方がいいと思う。

最悪、魔力が続く限り『爆炎魔法』を使い、神樹もろとも全て焼き尽くせば、あいつも回復できなくなる。

ゴブ一朗達がいたら絶対に使えない戦術だ。

「エレナ達はエルフとマリアを連れて神樹の加護領域から離れてくれ。もしさっきみたいな範囲魔法を連発した時に巻き込みたくないからな」

「……わかりました」

エレナのテンションはかなり低いが、とりあえずこれで大丈夫だろう。

文句は後で聞く。今はとりあえず、こいつを片付けるのが先決だ。

俺はエレナ達に背を向けると、炎から出て一歩も動かなくなったラーナを視界に入れる。

腕は未だに欠損《けっそん》しているが、焼けた箇所はかなり治ってきている。

神樹の魔力でどこまでのことができるかはわからないが、完全回復されたら面倒だな。

「結構な回復力ですね」

「……あなたのぜいで全て台無《だいな》しだわ……せっかく溜めだ魔力も使っちゃっだじ、神樹もこのままだどもう使い物にならないわね」

「そうですか。でもあなたの魔力が有限だとわかっただけでも、こちらとしては朗報《ろうほう》ですよ」

少しずつ声が元に戻りつつあるな……

俺は周囲に魔力を展開しはじめる。

「あら？　させないわよ？」

ラーナは俺の動きを察知するが、身を守ろうとはせず、何故か俺同様周囲に魔力を展開しはじめた。

『魔力察知』によると……これは、神樹の魔力か？

解析《かいせき》に集中していると、突然後ろの方から悲鳴が上がった。

後ろ？　まさかっ！

急いで振り向くと、そこには神樹の領域から出ようと外に向かっていたエレナ達を襲うように、大量の樹木が地面から突き出て凄い勢いで成長しはじめていた。

突如《とつじょ》足下から生えてきた樹木に足を絡め取られ、みんな明らかに困惑している。

恐らくエレナ達だけであれば問題ないだろうが、意識がないマリアを抱え、側にはエルフ達もいるため、対処に手こずっているようだ。

しかし、ラーナのステータスに樹木を扱うような魔法はなかった気がするが、まさかこれも神樹の魔力の効果なのか？

「ごれであなたは、ざっきの魔法は使えないわよね。獣人の女一人であんなに取り乱していたんだもの。ここで使えばあの子達も全で巻ぎ込むわよ？」

わざわざ説明してくれるとは、本当にこの女は良い性格をしているな。

「範囲魔法だけが私の全てではないですよ？」

「でも魔法主体なのは確実よね？　私の耐性を抜いてぐるほどの火力があっても、接近してしまえば問題ないわ。それどもざっき獣人の子の所に一瞬で移動した方法で、あなただけ逃げるのかしら？」

よく見ているな。だが問題ない。恐らくできるはずだ。

「魔法主体なのは確かですが、あなたは私に近づけませんよ」

俺はすかさずラーナの周辺の地面から壁を大量に出現させるが、ラーナはそれを予見していたかのようにこちらに向かって走り出した。

爆発での負傷《ふしょう》を感じさせない機敏《きびん》さだ。

てっきりエレナ達を襲っている樹木を使ってくるかと思ったが、どうやら違ったらしい。

制限があるのか、直接俺に触れてコピーを使いたいのか……いずれにしてもその方が都合が良い。

俺は相手が壁を避けながらこちらに向かって来る様子を見ながら、『水魔法』で壁の水分を抜き、小規模の『爆炎魔法』をラーナに向かって放った。

女は先ほど大ダメージを受けた『爆炎魔法』に警戒して、急いで防御姿勢を取ろうとする。しかし、俺の目的は違う。

『爆炎魔法』はラーナの位置とは無関係な壁に炸裂し、周囲にある壁を巻き込みながら小さな爆発を起こした。

「？　せっかく作った壁を壊してよかったのかしら？」

「ええ、問題ありませんよ」

確かに、壁の大部分はなくなったが周囲には俺の魔力を含んだ砂塵《さじん》が無数に散っている。

『風魔法』で拡散させず俺達の周囲に浮遊《ふゆう》するように残しているが、まだ量が足りない。

俺はさらにラーナと俺との距離を取るように壁を出現させ、再びその中心に『爆炎魔法』を放った。

今俺の目の前は爆発で舞い上がった土埃《つちぼこり》のせいでかなり視界が悪い。

数メートル離れると相手を見失うほどだ。

それでもラーナは視界の不良など関係ないかのようにこちらに向かって来ているのが、『気配・魔力察知』で確認できる。

相手の『コピー』というスキルがどれくらいの時間で俺のスキルを奪うのかわからないが、触れられたら終わりだと思った方がいいだろう。

俺はさらに『風魔法』で地面に落ちた埃《ほこり》すらも舞い上げる。

「……視界を悪くして、いったいどんな意味があるのかしら？　あなたは私の姿が見えでいるのよね？　じかも隠れるわけでもなく、逃げるわけでもない……さっきからせっかく作った壁も自分で壊すし、意味がわからないわ」

ラーナはもう目の前まで迫ってきている。

「そうですか？　これで粗方《あらかた》準備は整いましたよ」

「あらそう？　だったら、これをどう防ぐのかしら？」

ラーナは言い終わると同時に、無傷の方の手で貫手《ぬきて》を放ってきた。

先ほどの禍々しい剣は爆風で吹き飛んだのだろうか？

ラーナの手が俺の物理障壁に触れた瞬間、俺はそれを迎え撃つように拳《こぶし》を放った。

ラーナはその行動に驚いて目を見開いたが、すぐ口元に笑みを浮かべる。

魔法が得意だと言っていた俺が、破れかぶれに手を出したように見えたのか、俺のスキルをコピーできることを喜んでいるのかはわからない。

ただ、喜ぶのは少し早すぎじゃないか？

不快な鈍い音を立てて、俺の拳とラーナの貫手がぶつかり合った。

ついつい腕を引きそうになるが、ダメ押しで拳に力を込めて打ち抜く。

見ると、俺の拳は傷や損傷《そんしょう》はなく、綺麗なまま。しかし、ラーナの手は指先が砕けて血だらけになっている。

「なっ⁉」

想像と結果が違ったのか、ラーナは唖然として立ち尽くす。

「動きが止まっているぞ？」

「――⁉」

俺はチャンスとばかりに地面から棘を突き出し、追い討ちを掛けるが、すんでの所で躱されてしまった。

惜しかったな。

エレナ達が気になるから、なるべく早く終わらせたいんだが、そう上手くはいかない。

ラーナは動きを止めているが、先ほど同様に潰れた拳の回復を行っているからだろう。

ただ、それを律儀《りちぎ》に待ってやる必要はない。

俺は再び地面から棘を突き出し、ラーナを追い詰めていく。

「ちっ‼　何をしたのかじら？」

ラーナは棘を回避しながら苛立たしげに舌打ちする。

何をしたかって？

俺はこの視界を塞ぐほどの土埃を集めて固めた物を拳の前に出現させただけだ。

その固めた土板ごと俺は打ち抜いたので、奴の手に直接触れずに攻撃できた。俺のステータスが上回っていたのもあって、相手の手は粉々《こなごな》に潰れてしまったようだ。

『コピー』が恐ろしいなら、いっそフルプレートのように全身を土で覆ってしまえば早いのだが、それは以前防具のコーティングで試した時に失敗している。

体を覆うのは簡単なのだが、その状態で戦闘をしようとすると自分の動きに『土魔法』の変化が付いて来られなかったのだ。

全身に硬い土を纏うということは、移動する際は頭から足先まで常に流動的《りゅうどうてき》に動かさないといけない。土のコーティングを動かすのに精一杯《せいいっぱい》で、とてもではないが戦闘にまで意識が回らないので、却下になった。

新たに『魔力制御』や『魔力操作』のスキルを取得しているから、以前よりやりやすいかもしれないが、ぶっつけ本番でやるよりは安全で確実な方法を選びたい。

その安全な方法が、必要な時に相手との間に仕切りを設《もう》けるというものだ。

これなら常に『土魔法』で操作する必要もないし、必要な時に必要な分だけ固めればそれで足りる。

状況に応じて腕だけコーティングしたり、形状を変えたりと、応用がきく。何より、重さがないのがありがたい。

常時あんな重い土の塊を腕に纏ったまま動くと、戦闘慣れしていない俺はすぐにバランスを崩して転《ころ》んでしまうだろう。

そんな隙を突かれたら一発だ。

俺は俺のできることをやろう。

「近接戦闘もできるなんで、聞いでないわよ？　魔法の威力や種類も多いじ、まさか私と同系統のスキル保有者なのかしら？」

ラーナは後方に大きく跳躍して棘を避け、俺にそう話しかけてくる。

素早さや身のこなし方は素人の俺とは段違いだ。

攻撃が全然当たらない。

「確かに、スキル量に関してはそこそこありますが、あなたと同系統のスキルではないですよ」

「そう、あの子達も前衛っぽかったし、魔力の量から見てもてっぎり後衛《こうえい》専門かと思ったけど、違うのね。武器の生成も含め、本当にあなたはここで消しておかないと後々面倒なことになりそうね……」

「いえいえ、私も生活があるので、今回みたいなことがない限り、好き好んであなたみたいな人と関わるつもりはないですよ」

「けれど、結局ごうして敵対しているわ。ここで別れても、考え方が違うのならばいずれ私達はどこかでぶつかると思うわよ？」

「それは残念ですね」

「でもいいの？　私には神樹があるけど、あなた普通の人間よね？　ごんな大規模な魔法を使って、もう魔力がないんじゃない？」

確かに制御系のスキルを上げたことで消費量は減ったものの、魔力残量は覚束《おぼつか》ない。

魔力が尽きる前にもう一本魔力ポーションを飲んでおきたい。

だが、あと少しの辛抱《しんぼう》だ……

「確かに減っていますが、私は見た目より結構魔力量は多い方なんですよ」

「それでも、人間では限界もあるわ。私はあなたが力尽ぎるまで逃げていれば勝でるけど、あなたはどうやって……ガハッ！　ゴホッ！」

突如、ラーナが苦しそうに胸を押さえて咳《せ》き込みだした。

やっとか……

「大丈夫ですか？」

「あなた……私に何をじたの……？」

視界は現在も土埃のせいで悪いが、その相手の言葉からようやく効果がでてきたのだとわかる。

さて、やっと相手の動きが止まるぞ。ここからがラストスパートだ。

一気に畳《たた》み掛《か》けるために、俺は『収納袋』から魔力ポーションを取り出して呷る。

「ガハッ！　ガハッ‼」

ラーナはまだ苦しそうに咳き込んでいる。

この視界不良では詳しい情報は得られないが、あの女は今、軽い吐血か呼吸困難に陥っているはずだ。

「私に……何をじた……？　ぞれに……目が……」

先ほど、炎の中から出てきた時より苦しそうにしているな。

このまま放っておいてもいずれ呼吸ができなくなるかもしれないが、後ろでエレナ達が樹木相手に奮闘している。

なるべく早く終わらせる必要がある。

俺は再び棘で牽制しながら相手の隙を窺う。

俺が今回やったことは凄く単純だ。

周囲に浮遊している微細《びさい》な土や砂の粒子《りゅうし》を極小《ごくしょう》の針のように尖《とが》らせたのだ。

それを『風魔法』で拡散し、吸い込ませた結果、相手は今呼吸器系統にダメージを負った。

『魔力制御』と『魔力操作』のスキルによって、俺の魔法に対するイメージがよりダイレクトに反映されるようになり、魔法の自由度が上がったからこそ可能になった芸当だ。

もちろん、自分で吸い込まないように『風魔法』で空気の流れを工夫している。とはいえ、俺自身もよく見えないから、もしかしたら多少は吸っているかもしれないが。

何故この方法を選択したかと言うと、相手が回復を使うからだ。

俺も『回復魔法』を使うからわかるが、『回復魔法』は基本的に傷ついた細胞を少しずつ治していく。

しかし、通常の『回復魔法』は体内の異物に関しては直接影響を及ぼさない。つまり体内に入り込んだ毒物や金属片などの異物を直接除去できるわけではないのだ。

そういったものは、解毒剤《げどくざい》や外科《げか》的処置を併用《へいよう》して回復するか、さっき俺が『土魔法』でやった芸当のように、より応用的な『回復魔法』を同時展開するしかない。

そうなると当然、魔力の減り方も凄いだろうし、傷を負った状態でそこまで高度な制御をするのは難しいだろう。

確かにラーナが回復するスピードは驚異的《きょういてき》だ。

神樹の魔力が尽きるまで回復されるのであれば、長期戦になるのは避けられない。

だが、ラーナは結局欠損した部位を治せなかった。

ということは、相手の回復は俺の『回復魔法』よりも劣ることになる。

ならば、俺の『回復魔法』でも除去できないような物に対処することはまず無理だろう。

しかも、俺は前世の知識で、人体の簡単な構造や微細な鉱石やガラス繊維《せんい》が肺にもたらす影響を知っているが、ラーナは何も知らない。

自分の体に何が起こっているのかわからず、パニックになるはずだ。

恐らくこれでなんとかなると思うが……

駄目なら転移でできるだけ仲間を回収して『爆炎魔法』で神樹ごと焼き払おう。

そう決めた俺は、棘を避けて逃げる女から少し離れた周囲を壁で囲いはじめた。

「くっ、何⁉」

周囲に突然現れた壁に、ラーナは警戒を露わにするが、もう遅い。

視界がきかず、動きが鈍《にぶ》っている今なら、俺が壁を作るスピードの方が速い。

最初からこうできればよかったのだが、壁の生成速度と硬さを両立させるのは非常に難しい。

ラーナが万全の状態だと、十分な硬度のある壁で囲むのは間に合いそうになかったからできなかったんだよな……

俺はさらに天井を塞ぎ、硬化していく。

後は囲いの中で少しずつ壁を狭めていけば終わりだ。

社の中でも硬化した『土魔法』の土は破壊できなかったから、ここから逃げ出すのは不可能だろう。

俺は念のためにさらに硬化を施《ほどこ》し、ようやくその場で一息ついた。

しかし、今回は色々とあったな。

王国と帝国の戦争が終わってゆっくりできると思ったら亜人達が襲ってきて、その原因を追っていたら黒の外套まで出てきてしまった。

神樹はいよいよ魔力を失って枯れはじめているし、間違いなくこの騒動が終わった後も忙しくなるだろうな……

じっとしていても向こうから騒動がやってくるのだから世話がない。

俺は溜め息をつきながら、けりをつけるべく、硬化した『土魔法』の壁を狭めるように魔力を流す。

しかし――

『土魔法』の発動に違和感がある。

先ほどまでなんともなかったのに、今は『土魔法』を操作しようとするがどうにも上手く動かせない。

なんだ？　この感じ……

以前ダンジョンに挑んだ時に上手く操作できなくなった時に似ているな……

俺が魔法の違和感に戸惑《とまど》っていると、先ほど女を囲った土壁から、突然何かを打ち付けるようなもの凄い音が聞こえてきた。

想定外の轟音に驚いていると、さらに硬化したはずの壁を突き破って木の枝みたいなものが突き出してくる。

壁が破られた⁉

急いで補修しようと『土魔法』を発動するが、やはり反応が鈍い。

まさか、ラーナがこれをやっているのか？

呆然とその光景に見入っていると、徐々に太くなった木の枝がついに俺の作った土壁を突き壊してしまった。

「ゴホッ、もういい、もういいわ。ここまでやったらどうなるが分がらないけど……もういいわ。全で……消してあげる……」

そう言いながら出てきた女の姿は、先ほどまでの人間の姿ではなく、化け物と化していた。欠損した腕の代わりに木の腕が生え、体の各所に蔓や木が巻き付いている。

何より、先ほどとは魔力の規模が雲泥《うんでい》の差《さ》だ。

『魔力察知』があるのではっきりとわかる。俺の魔力と同等か、それ以上の力が、ラーナの周囲を取り巻いている。

恐らく『土魔法』はこの魔力に阻害されたのだろう。

まずいな……

俺はこの世界に来て何度目かの命の危険を感じながら、ラーナを見つめた。

「いぐ……わよ？」

その言葉と同時に、ラーナは俺が周囲に展開していた魔力を侵食するほどの魔力を流しはじめた。

S級魔法使いであるマーリンが以前、相手の魔法が自分の魔法より優れていた場合、自分の魔法は展開できなくなると言っていたが、まさかこれがそうなのか？

このまま展開した魔力が侵食され続けるのはまずい。

『魔力察知』で魔力の流れを見ると、侵食された場所から既に草木が生えはじめている。

これは……本格的に逃げることを考えた方が良さそうだな。

俺が後方を確認しようとした瞬間、俺の足下から複数の太い樹木が突き出してきた。

樹木は俺を絡め取ろうと凄まじい速度で伸びてくる。

樹木が障壁に触れた感覚に反応してなんとか躱せたものの、もし次に不意を突かれたらどうなるかわからない。

ラーナから離れるように後方に飛び退《の》く俺を追い、地面からいくつもの樹木が突き出してくる。

魔力の侵食の速度から、まだ攻撃されるまで余裕があると思っていたが、地面からなんの感知にも引っかからずに生えてきたな。

「フフフ、他を気にじている……余裕なんで……あるのがしら？　まさか……この期《ご》に及んで……逃げ出ずなんで……言わないわ……よね？」

そう言いながらも、ラーナは俺に魔法を使わせないためか魔力の放出量を上げていく。

これは厄介だな。

足元は見る見る内に樹木が生え侵食されていく。

じっとしていたらすぐに捕まってしまうので、ゆっくり考える暇すらない。

さて、どうしたものか……

樹木で執拗《しつよう》にこちらを攻撃してくるラーナに視線を向ける。

先ほど『土魔法』の壁を破ってから、ラーナが使う魔力は質も量も段違いになった。

その代償なのか、今やラーナの姿は樹木に覆われ、どんどん人ならざるモノへと変貌《へんぼう》していっている。

あのままだとすぐに全身全て樹木で覆われてしまいそうだが、大丈夫なのだろうか？

それに戦い方も変わった。

社内や、エレナ達に樹木を使いはじめた辺りまではまだ接近戦を好んでいたのに、今や一歩も動かず樹木を操作して攻撃してくるだけだ。

むしろ、奴の足は樹木と同化して根を張っているようにも見える。

明らかに神樹の魔力の影響を強く受けている。

自分と違う魔力を取り込みすぎるとあんな感じになるのだろうか？

ラーナが使用している魔纏着は特別で、外部から魔力を仕入れる仕様《しよう》みたいだが、リミッターとかはないのか？

あんな変容を来《きた》すのであれば、リスクが高すぎる。

まぁ、聞いてももう答えてくれそうにないから、とりあえず今はこの現状をなんとかしないといけない。

俺は手元に『爆炎魔法』を展開し、周囲に生えた樹木を焼いて一掃《いっそう》しようと試みる。

しかし、地面から生えた樹木を切り倒して、俺とラーナの間に割って入る者がいた。

「ゴブ一朗⁉」

「ガギャギャ！」

ゴブ一朗はそう声を上げながら、俺を守るように剣を振るっている。

でも、なんでこいつがここにいるんだ？

エレナ達と共に神樹の領域外に出るように言ったんだが……

俺は周囲を警戒しながらエレナ達の気配を探る。

魔力ばかり気にしていて、気配の方はラーナを感知する程度しか意識していなかった。

遠くにゴブリン隊の気配があり、それ以外にリンとエレナ、それに何人かのゴブリン達がこちらに向かって来ている。

おいおい、逃げろと言ったのに、全員領域内に残っているとは、どういうことだ？

ラーナの変化を考えると、明らかにさっきより状況が悪いぞ。

「ケンゴ様！　ご無事ですか⁉」

俺は『爆炎魔法』を諦め、ゴブ一朗と協力して『風魔法』で周囲の樹木を切り裂いていると、エレナ達が合流してきた。

「エレナ、俺は領域内から出ろと言ったぞ？」

「申し訳ありません。ですが、領域の境界に結界があって出ることができませんでした」

結界？　入る時は何も問題なかったし、巫女達も何も言っていなかったんだがな……

「どんな結界なんだ？」

「外部と同様の認識阻害のようです。先ほど樹木の勢いが弱まった隙をついて領域内から出ようとしましたが、誰一人として出られませんでした。巫女やガルアも初めてのことのようでしたので、あの女が原因だと思われます」

ふむ、手数が減ったのは、恐らく俺がラーナを『土魔法』で囲って外部と遮断《しゃだん》した時だろうが、領域内にも認識阻害があるのは驚いた。

外に出られないのであれば、認識阻害以外にも方向感覚を惑《まど》わせる何かがあるのかもしれない。

しかし厄介だな。

これで目の前のラーナを倒すか、俺が転移で全員を連れて出ないといけなくなった。

いや、神樹を燃やす手もあるか。

まぁ、放っておいてももう枯れてしまいそうなほど魔力を奪われているが、とにかくなるべく早く脱出したい。

「「加勢します！」」

エレナとリンがゴブ一朗に続き、目の前の樹木に斬りかかる。

相変わらず凄いペースで樹木は生え続けているが、ゴブ一朗達の剣を振るう姿を見る限り、いずれラーナにも到達しそうな勢いだ。

俺も魔力で押し負けている場合じゃないな。

俺は自分に活を入れながら、再び魔力を展開しはじめる。

「うっとうじい……」

そう言うと、ラーナはさらに神樹から魔力を吸い上げ周囲に樹木を生やしていく。

『鬱陶しいだと？　それはこちらのセリフだ！』

「ゴブ一朗先輩！　あまり出すぎないでください！」

「しかし、この樹木はどれだけ生えれば気が済むのでしょうか？　切ってもすぐに生えてきて、きりがありません」

そう言いながらも、エレナとリンはゴブ一朗に続いて周囲に生えた樹木を次々に切り倒していく。

特に樹木に対してはエレナの炎がかなり有効的なようだ。

彼女は剣で斬るだけでなく、自分の周囲を燃やして数を減らしているし、何より焼き切れた箇所からはもう樹木が伸びなくなっている。

ラーナ自体には効かないかもしれないが、これならじきにラーナまでたどり着く。

転移で直接近くに行ってもいいけれど、現在進行形でラーナの周囲には溢れんばかりの樹木や蔓が生え続けているので、博打になってしまう。

転移は、転移先に干渉する物体がある場合、それを自動で避けるから、あそこに移動したら恐らく予想と違う場所に出てしまうだろう。

近くにずれるならまだしも、ゴブ一朗達やラーナからも離れたら面倒だ。

俺は自分の運に関しては全く信用していないから、少しずつでも確実に行ける道を進みたい。

しかし、さっきからゴブ一朗達を補助して『風魔法』で樹木を切り裂いているのに、一向に終わらない。これ、本当にいつまで続くのだろうか？

神樹の魔力がなくなるまでか、ラーナが力尽きるまでだとは思うが、まだまだ奴が力尽きる様子はない。

それでも、確実に神樹は魔力を吸われて枯れていっているし、ラーナは神樹の魔力に侵《おか》されて見た目も凄いことになっている。その上、先ほどから思考能力も落ちている気がするので、いずれ破綻《はたん》するだろう。

あの魔纏着は確かに特別製かもしれないが、デメリットが多すぎる。

あんなもの、いったい誰が作ったんだ？

使う者のことを考えていなさすぎる。

「うっとうじい、うっどおじい……わだじにむらがるがいぢゅうどもが……」

害虫？

まさか俺達のことを言っているのか？　本当に頭の中まで木になっているじゃないか。

……見ていられないな。

「つがれだ……ゆるざない……ぜんぶ……ぜんぶ……ごろず……」

ラーナの姿は既に人間の風貌《ふうぼう》からかけ離れている。

思考も完全に神樹に侵されているみたいだし、ここまで来ると、本人の意思で動いているのかどうかもわからない。

時間が経つにつれて少しずつ神樹に侵食されていくラーナが、憐《あわ》れにすら思える。

しかしそこで、俺の『魔力察知』に新たな魔力の反応が複数現れた。

かなり多い。

これは……

俺は周囲を見回し、急いで『魔力察知』と『気配察知』を全開にする。

なんだこれ……まさか魔石か？

『気配察知』には何も反応がなく、神樹を取り囲むように一定間隔《かんかく》で魔力の反応がたくさんある。

規則的な配置から考えて、恐らく集落にあるような神樹の加護を封じ込めた魔石だと予想できる。

恐らく、神樹以外のこの開けた一帯を認識阻害空間にしていたのは、これらの魔石だと思う。が、それがなんで今になって、俺の『魔力察知』に反応したんだ？

戦闘中は微少《びしょう》な魔力程度は紛らわしいので反応しないよう制限してたから気にしていなかったが、『魔力察知』を見るに、急速に魔石の魔力量は上昇している。

考えてもわからないし、現状把握も含めてエレナに聞いてみるか。

恐らくゴブ一朗達は気付いていないだろうしな。

（エレナ、少しいいか？）

（はい、なんでしょうか？）

（神樹の周辺に配置された魔石の魔力が急に上昇しているんだが、何か問題があるか？）

（魔石の魔力……ですか？　すみません、そのような事例は聞いたことがないので、私に

はわかりません)

ふむ、エレナでもわからないか。

エレナが知らないなら、これ以上調べようがない。

「うっとうじい……ごろず……ぜんぶ……ごろず……」

ラーナに視線を向けると、今や神樹と一体化して、木の化け物と化していた。

既に俺達のことなど眼中になく、虚《うつ》ろな表情で中空を見ている。

(そうか、なら仕方がないな。とりあえず、原因であるラーナをどうにかすれば解決するだろう)

(いえ、一応、詳しい人間に聞くのが良いと思います。アルバートに問い合わせますので、少々お待ちくださ……)

と、エレナが言い切る前に、念話でアルバートの声が聞こえた。

(呼びましたか⁉)

反応が早い……

エレナの声にかかっていたが、いったいどうやって問い合わせたのだろうか?

だいたいアルバートはいつも俺が声を掛けても寝ていることがほとんどなのに、こういう時は速いな。

(アルバート、魔石の魔力が急速に上昇したらどうなる?)

（魔石の魔力が上昇ですか？　魔石内部の魔力は等級に応じて一定だと思うのですが……）

（それが、他から供給を受けて高まっているんだよ。特に問題がなければ別にいい。しかし、状況が状況だけに一応確認しておこうと思ってな）

（面白そうな状況ですね！　しかし、他から供給ですか……一緒にしていいかはわかりませんが、魔道具に使用する魔石を増やして魔力を高めようとした結果ならわかりますよ）

（どうなるか教えてくれ。こっちはちょっと手が離せなくて、少しでも情報が欲しいんだ）

（暴走《ぼうそう》します）

（えっ？）

（ですから、暴走します。魔石の等級を超える魔力を入れようとすると魔石は暴走するんです。その結果、魔力を撒《ま》き散らしながら、その場で爆発します。いやぁ、あの時は本当に死ぬかと思いました）

爆発する？　それが本当なら、かなりまずい状況だぞ。

どれくらいの規模の爆発が起こるかはわからないが、とにかく魔石の数が多い。

それに、この一帯を囲むように設置されているから、逃げ場がない。

規模が大きいなら早く安全な場所に避難しないと手遅れになる。

「おい！　全員今の念話を聞いたか⁉　一時撤退するぞ‼」

「ゲギャギャゲガ‼」

「ギャギャ‼」

「はい‼」

「わかりました‼」

俺の声に反応し、ゴブリン隊やエレナ達がすぐに返事をよこした。

タイミングからして、間違いなくラーナが魔石の魔力を弄っているとわかるのだが、さすがにこの数が爆発すると俺達でも確実に何かしらの被害が出るだろう。

特に領域のギリギリの所――魔石のすぐ側で待機しているゴブリン隊やエルフ達は、怪我どころじゃすまないかもしれない。

だったら、俺達がやることは一つだ。

すぐにあの女、ラーナを倒せない、または魔石をどうにかできないのであれば、逃げるだけだ。

エルフや神樹の問題は、一度立て直してからどうにかしよう。

神樹を守るのはもう無理かもしれないけれど、ラーナの様子を見るに、このまま放置しても無事に終わりそうもないしな。

「ごろず……にがざない……」

撤退を決めて動き出してから、樹木の生える速度が急に上がった。

くそっ！　急いでいる時に、本当に鬱陶しいな。

俺が逃げる隙を作るために『風魔法』で周囲の樹木を切り裂くと、何故かリンとゴブリン達が、ゴブ一朗とエレナから離れてこちらに向かってきた。

ん？　なんで分かれるんだ？

全員一緒に逃げるんだぞ？

俺がその様子を不思議に思っているうちに、リンが俺の目の前まで来る。

「何してるんだ？　早くゴブ一朗達と一緒に逃げないと、手遅れになるぞ？」

「ケンゴ様、ごめんなさい……」

そう言い終わると同時に、リンが俺の腹に拳を叩き込んできた……

ごふっ……

いったい何が起こったんだ？

俺は腹部の強烈な痛みに顔を歪めながら、突然殴ってきたリンに顔を向ける。

リンは俺に手を出したことを後悔しているのか、酷く悲しそうな表情だ。

「やっぱり、気絶はしないよね……」

気絶？

こいつは何を言っているんだ？

一刻も早く逃げ出さないといけない時に、俺を気絶させてどうする？

それにさっきの一撃は、決して人を気絶させるために打ちこんだとか、そんなレベルじゃないからな？

自動で発動する障壁がなんとか衝撃を緩和《かんわ》してくれたけど、常人だったら絶命《ぜつめい》していてもおかしくない。

エレナとゴブ一朗はこちらに来ていないから何かあるのだろうが、今この状況で俺を気絶させてメリットはないはずだ。

「リ、リン……おまっ、いったい何を……」

「すみません、時間がないんです！　後でいくらでも怒られますから！」

リンはそう言って俺に抱きついてきた……かと思ったが、次の瞬間、抱え上げられてゴブ一朗達とは逆方向に連れて行かれた。

いや、ちょっと待て。

まさかこんな若い子に担《かつ》がれるとは思わなかった。

でも、今は動揺している場合じゃない。

なんで俺を殴って担いで逃げているんだ？

ゴブリン達も俺とリンを囲むように追随《ついずい》しながら逃げているし、俺の魔法がなくなったらゴブ一朗とエレナが樹木に囲まれてしまうだろうが。

「おい！　リン！　放せ‼」

「駄目です！」

「んなっ⁉　お前まだゴブ一朗達が来てないだろうが！　急いで戻って転移で逃げるぞ！」

「……駄目です。このまま残りのゴブリン隊と合流します。私には爆発のことはわからないので間に合わないようならケンゴ様だけでも転移で逃げてください」

こいつは何を言っているんだ？

俺だけ転移で逃げる？

そんなことするわけないだろうが……

「だからその前にみんなで合流して逃げると、さっきから言っているじゃないか！　早く放せ！」

「駄目です‼　樹木の数が多すぎます！　この神樹の領域から出る手段はケンゴ様の転移だけです。全員合流するのは無理です」

「そんなの、やってみないとわからないだろう⁉」

「わかってください！　ケンゴ様の転移は、ケンゴ様に連《つら》なって触れているものを、その意思に関係なく連れて行くんですよ⁉　この短時間に全員集まるのは不可能ですし、複数回に分けて転移しても時間と魔力がかかりすぎます！　それに、もし転移の際に誰かあの女に触れられたらどうするんですか⁉　樹木ごと拠点に連れて行くつもりですか⁉」

ぐっ……そう言われると何も言い返せない。

確かに、大勢の人間を移動するとなると、誰かがラーナに触れられ、一緒に転移してしまう可能性が高い。

ラーナ本体が触れにきたのであればまだ避ける余地はあるものの、ラーナの意思で手足のように生えてきている樹木の場合は避けるのが断然《だんぜん》難しくなる。

樹木が触れて転移について来るかはわからないが、繋がっているのであれば、一緒に転移してしまう可能性は高い。

だが……

「いや、やってみないとわからないだろ!? ついてくる可能性が高いなら、拠点に戻るまでどこか経由すればいいし、この場所から離れてしまえばラーナの力は間違いなく減退《げんたい》する。そうすれば爆発も避けられる上に、こっちが優勢《ゆうせい》になるはずだ！ 頼むから言うことを聞いてくれ!!」

「聞きません!! それをすることにどれほどのリスクがあるか、ちゃんと考えているんですか!? 最優先はケンゴ様の安全です。ご自分が逃げることを第一に考え、私達の命は捨て置いてください!!」

お前達の命を捨て置く？

「できるわけないだろうが!!」

エレナ達の魔石さえ回収すれば再召喚が可能かもしれないが、二度目の召喚はまだ試してない。そんなリスクを負うわけにはいかない。

こうしている間にも魔石の魔力はどんどん膨れ上がっている。

早くゴブ一朗達と合流しないと……

俺はなんとか逃れようと暴《あば》れるが、細いリンの腕のどこにそんな膂力があるのか、なかなか抜け出せない。

もの凄い力だ。スキルを併用しているのだろうか。

しかも、周囲のゴブリンまでリンを補助するべく動いて、俺を邪魔してくる。

お前らそんなに……

「リン‼　頼むから放してくれ‼」

「……駄目です。このままマリアちゃんと残りのゴブリン隊を迎えに行きます」

「だからその前にゴブ一朗達を……」

「いい加減にしてください‼」

聞き分けのない俺の態度に苛立ち、ついにリンが威圧の籠った声を張り上げた。

あまりに大きな声に、俺は一瞬身を強張《こわば》らせる。

しかし、よく見るとリンの様子が少しおかしい。

泣いているのか……？

「こうしている間にも、ゴブ一朗先輩とエレナさんが傷付きながら敵の注意を引いてくれているんです‼　だから私達はケンゴ様を絶対に逃がさないといけないんです‼」

リンが叫ぶ声を聞いて、ゴブ一朗達が残っている方に視線を向ける。

俺の魔法による援護《えんご》がなくなったせいで、ゴブ一朗達は樹木に囲まれつつあった。

それでもゴブ一朗は怯まずラーナに向かって突き進んでいるし、エレナは周囲を気にしなくてよくなったせいか、『火魔法』の火力を最大まで上げて一帯の樹木を焼き払っている。

だが、やはり手数が違うのだろう、少しずつだが確実に樹木の包囲は狭まっていた。

このままではいずれ、ゴブ一朗達が呑み込まれる。

なんであいつらは囲まれるとわかっているのに、未だに剣を振っているんだ？

どうして爆発に確実に巻き込まれるというのに、届かぬ敵に向かっていっているんだ？

……いや、そんなのは最初からわかっていた。

俺を逃がすためだ。

ゴブ一朗はここに来る前に、何かあったら力ずくでも逃がすと言っていたしな。

リンに再び視線を向けると、振り返らずにマリア達の方へと向かっている。

「ゴブ一朗‼　エレナ‼」

無駄だとわかっているが、自分が出せるありったけの声を張り上げ、二人の名を叫んだ。

すると、声が聞こえたのか、遠くでエレナがこちらを振り向いて少し笑った気がした。

ん？　なんだ？　何を言っているんだ？

念話を使えばいいのに、エレナの声は全然聞こえない。

どうかご無事で……

俺の耳にはエレナのそんな声が聞こえた気がした。

＊＊＊＊

俺は本当に何をしているのだろうか……？

リンに担がれながら、俺は色んなことを思い出していた。

俺が急に大人しくなったので、ついに諦めたと思ったのか、リンはますます加速する。

数ヵ月前、ゴブ一朗達やエレナ達と出会い、今では多くの魔物や人間が俺の側にいてくれる。

時間にしてみればほんの短い間だが、この世界に一人で来た俺をいつも助けてくれて、そして命懸《いのちが》けで守ろうとしてくれていた。

彼らは決して口先だけではなく、本当に身《み》を挺《てい》して俺を守ろうとしてくれている。

それなのに……

それなのに俺は何をしているんだ？

ゴブ一朗達を守ると決め、そして守りたいと言葉にもしている。

だが今のこの状況はなんだ？

マリアは傷付き倒れ、ゴブ一朗とエレナは俺を逃がすために残って敵の注意を引き、そのせいでリンは涙を流している。

俺の決意や言葉はゴブ一朗達に比べてあまりにも軽すぎる。

俺は本当に命を懸けてまでこいつらを守ろうと思っていたのだろうか？

今までの人生、地球で生きてきた時も本当に命を懸けることなんて、一度もなかった。

そのせいで、いつもどこかでなんとかなると思っていたのではないだろうか？

ははっ……

俺はみんなを守ると言っておいて、本当にその覚悟ができていなかったというのか。

自分の不甲斐なさに腹が立つ。

視線だけを動かして周囲を確認すると、既にゴブ一朗達の姿は見えなくなり、かなり領域の外周に近付いている。

もうじき、マリア達と合流できるはずだ。

足下の樹木は俺達を追ってこない。ゴブ一朗達が上手くやっているのだろう。

本当にここでゴブ一朗達を見捨てて逃げてもいいのか？

俺はそれを後悔せず、仕方がないと諦めることができるのか？

……いいや、無理だ。

ここでゴブ一朗達を見捨てるようなら、俺はこの先何も守れない気がする。

ゴブ一朗達が命を懸けるのであれば、命を懸けて彼らを守るのが主人としての務めだ。

「『スキルブック』‼」

俺の突然の叫び声にリンは一瞬身を強張らせたものの、一切走る速度は緩めない。

リン達は命懸けで俺を逃がそうとしているのだから、当たり前だ。

ただ、俺はこのまま何もせずに逃げるつもりは毛頭《もうとう》ない。

本当に足掻いてどうにもできなければ諦めるしかないのかもしれないが、まだ俺には差し出せるものが残されている。

相手が魔力の質と量を上げてきたのであれば、俺も意識を失う限界まで搾《しぼ》り出《だ》せばいい。

足りなくなれば魔力ポーションを腹がはち切れるまで飲んでやる。

スキルポイントもまだ残っているし、取得できるスキルはたくさんあるはずだ。

だが、時間がない。

魔石が本当に爆発するかわからないが、先ほどから察知に引っかかる魔力はいつ弾けてもおかしくないほど膨れ上がり、既に暴走状態なのが容易に見てとれる。

なら、やることは一つだ。

時間がないのであれば時間を作ればいい。

「『時空間魔法』を上限まで取得‼」

以前見た時に説明をちゃんと読んでおいて良かった。

あまりのチート性能ゆえ、多大な代償を払わされるリスクはもちろんある。しかし、そんなことはもはやどうでもいい。

必要ならくれてやる。全部持っていけ。

「時よ、止まれ‼」

俺がそう叫んだ瞬間、周囲から音が消えた。

全力で走っていたリンは俺を担いだまま動きを止め、周囲のゴブリン達も微動《びどう》だにしていない。

辺りを見回しても、俺以外全てのものが色褪《いろあ》せて見える。

これが時が止まった世界なのだろうか？

……いや、観察している場合じゃない。

急がないと、いつこの魔法が解けるかわからないし、体から何かがごっそり抜けていく感覚がある。

とりあえず、ここからならマリア達の方が近いから、まずはそちらに行こう。

俺はリンの手から抜け出すと、『収納袋』を取り出して、周囲のゴブリン達を急いでロープで纏めて担ぐ。

不思議と、リンやゴブリン達の重さを一切感じなくなっていた。

これなら全員担いでマリア達の方へと走っていける。

恐らく『時空間魔法』が発動中のこの時間が止まった世界では、他の魔法は使えない気がする。

そもそも体内の魔力の流出が激しく、余計な魔法を使えばこの『時空間魔法』が解けてしまいそうだ。

だが、幸いなことに魔法ではなくスキル、特に自己強化系統のスキルは問題なく作動するようだ。

少し走ると、すぐにマリア達と残りのゴブリン隊を見つけることができた。

予めリンが伝えていたのか、すぐに転移できるようにエルフ達も一箇所に纏まっていた。

本当にこいつらは無駄がないな。

俺は手際《てぎわ》の良さに感心しながら、マリア達の側に担いできたリンとゴブリン達を置く。

そしてすぐに踵《きびす》を返《かえ》し、ゴブ一朗達の所へ向かう。

時を止める前はまだ気配はあったが、ゴブ一朗達が今どうなっているかわからない。

俺は逸る気持ちを抑えながら、走るペースを上げた。

社の前に戻り、樹木が乱立した状況を改めて遠目から見ると、その凄さがわかる。

まるで生きているように幹《みき》や根が絡み合って大地を覆い、全ての樹木が溢れんばかりの魔力を宿している。

これほどの魔法をほんの短時間で行使できるとは、本当に恐ろしいな……

その様子に戦慄《せんりつ》しながら神樹があった場所に向けて移動していると、樹木の中心地で剣を振るったままの姿勢で固まっているゴブ一朗とエレナの姿があった。

ああ、良かった……

多少傷は受けているが、致命的《ちめいてき》ではない。俺は二人の様子に安堵《あんど》する。

しかし、この二人は本当に凄いな。

少し視線をずらすと、樹木に呑み込まれて巨大な木の化け物と化したラーナの姿が見えた。

二人でここまで攻め込んだこと、しかもその理由が、俺を無事に逃がすためだと考えると、なおさらこいつらのことが愛《いと》おしく感じる。

本当に苦労を掛けるな……

俺は鬼気迫《ききせま》る顔で剣を樹木に振るうゴブ一朗とエレナを回収しながら、改めてラーナの方を見る。

ここで確実にとどめを刺しておきたいが、魔法は使えないし、もうすぐ『時空間魔法』の限界が近い……

ここで焦ってとどめを刺しに行って時が動き出したら本末転倒だ。

俺はゴブ一朗とエレナが使っている土ロングソードを手に取り、ラーナに向かって投げた。

『投擲』のスキルはないし、相手はあの巨体だ。どこまで効果があるかどうかは未知数だが、せめてもの置き土産だ。

俺が続けざまに投げた剣のうち一本は奴の顔と思《おぼ》しき部分に、もう一本は胴体の中心に深々と刺さってくれた。

日頃役に立たない『神の幸運』に感謝しながらゴブ一朗とエレナを回収した俺は、『時空間魔法』を解除して、マリア達の下へ、そしてエルフの集落へと、連続転移を行った。

ゴブリンやエルフだけでなく、エレナ達も何が起こったかわかっていないのか、しきりに辺りを見回している。

特に、今まで握っていた剣が突然なくなって戸惑っているゴブ一朗とエレナは面白いな。

全員の無事を確認すると、安堵からか体の力が抜けて、俺はその場で倒れ込むように意識を失った。

目覚《めざ》め

ここは……どこだ？
目が覚《さ》めると、見慣れぬ天井があった。
土でできていないから俺の寝床ではないし、拠点にある屋敷の部屋の天井でもない。
いったい俺はどこに寝ていたんだ？
視線を横に移すと、木造の知らない一室に寝かされているのがわかる。
しかもベッドにだ。
他に何か情報が得られるものはないか……
俺は横たわりながら周囲を確認する。
部屋の隅に置かれた水瓶《みずがめ》の側で何かしているエレナの後ろ姿が見えた。
ああ、良かった。
またこの世界に来た時のように、知らない場所に一人で放り出されたのかと思った。
意識を失うまでの記憶ははっきりとあるが、地球で死んだ時みたいに、この世界でも明日はどうなるかわからないからな……

「エレナ……」

「っ‼」

俺が声を掛けると、エレナが物凄い勢いでこちらを振り向いて、驚愕の表情を見せた。

なんだ？　俺の顔に何かついているのだろうか？

「ケンゴ様‼」

エレナは俺の名前を呼ぶと、こちらに走ってきた。

いやいや、ちょっと待て。

エレナが物凄い形相《ぎょうそう》と速さで突っ込んでくる。

何もされないとわかってはいるが、あまりの剣幕にちょっと転移で逃げたくなる。

「ケンゴ様‼　ああ、良かった。本当に良かった……一時はもう目を覚まさないかと……」

エレナは俺のもとに来ると、無事を確認するように体を触りながらそう呟いた。

ずいぶん大袈裟《おおげさ》だな。まさか俺はそんなに寝たままだったのか？

寝起きに早速気になる言葉が飛び出してきたが、とりあえず今はそれどころじゃない。

だいたいエレナ、触りすぎだ。

「エレナ、大丈夫だ。大丈夫だから落ち着いて、ちょっと離れてくれ」

「っ‼　すみません‼　ケンゴ様の意識があまりに長い間戻らなかったものですから、つい……」

エレナはそう言うと少し顔を赤らめながら身を引いた。

いや、お前恥ずかしそうにしているが、俺の方が確実に恥ずかしかったからな？

まさかこの歳《とし》になって、こんなに若い子に体をまさぐられるとは思わなかったぞ。

しかもエレナは凄く美人だから、あまり至近《しきん》距離で見られるとこちらの心臓に悪い。

「気にするな、それで、俺はどれくらい寝ていたんだ？」

「ケンゴ様が倒れられてから今日でちょうど一週間が経ちます」

「そうか……俺は一週間も寝ていたのか……」

「はい、ケンゴ様が倒れられた後は、みんなパニックで大変でした」

「そうなのか？」

「はい。あの時はみんな、突然エルフの集落に戻って来ていることに困惑していた上に、目の前でケンゴ様が倒れて、完全に取り乱してしまいました。恥ずかしながら、ゴブ一朗先輩が迅速に指示を出してくれなければ、私達は倒れたケンゴ様への対処すら遅れていたでしょう」

ふむ、さすがゴブ一朗だな。

どうやらエレナ達には時間が止まっている間の記憶はないみたいだ。

まぁ、確かに突然場所が変わって敵も見当たらない、その上自軍の大将が目の前で昏倒《こんとう》すれば、気が動転してしまうのはわかる。

それにしても、戦闘中だったからなおさら状況認識が遅れてもおかしくないのに、ゴブ一朗の統率力は凄いな。

俺だったら急に目の前の状況が変わったら、確実にパニックを起こして、他の人に迷惑を掛けてしまう。

あいつが困惑している姿なんて見たことがないが、いったいどういう精神をしているのだろうか？

コツがあればぜひ教えてほしい。

それにしても、俺は一週間も寝ていたのか……

時間を止めるという荒業《あらわざ》だ、何かしらの代償があると思っていたけど、まさか一週間も寝ることになるとは……

今後使い方を誤《あやま》ると、必要な時に寝ているという事態になりそうだ。

気をつけよう……

「さすがゴブ一朗だな。それで俺が寝ている間に何か変わったことはなかったか？」

「特にケンゴ様の手を煩わせるような事案はありませんでした。強いて言えば、亜人達の回収で人手が足りないといったところでしょうか」

「亜人の回収？」

「はい。ガルアから要望があり、周囲の亜人達の集落へ各部隊が回収に向かっています」

「そんなことになっているのか。まぁ、詳しくは後で聞くとして……今更だが、ここはどこなんだ？　俺の部屋じゃないよな？」

「ここですか？　ここはケンゴ様が転移してきたエルフの集落の一室です。拠点に戻した方が良いとの意見もありましたが、ケンゴ様の容態がわからなかったので、あまり移動はせずにガルアに一室を借り受けました」

「エルフの集落か……」

　結局ラーナがどうなったか確認していなかったな。

　それに神樹のことも気になる。

「なぁエレナ、ラーナは結局……」

「それよりケンゴ様、体調はよろしいのですか？　一週間も床に伏せていたんです。どこか体に違和感はありませんか？」

「ん？　いや問題ない。少しまだ怠《だる》さが残っているが、普通に生活する分には問題ないと思う」

「そうですか……ですが、やはり一度誰かに詳しく診《み》てもらうことをオススメします。その様子だと、ご自分の髪のことも気が付かれていないみたいですし……」

「髪？　何かおかしいか？」

まさか魔力の使いすぎで後頭部が……

恐ろしくなって慌てて自分の髪を触ってみたが、まだ毛はあった。

もしかしたらこの若さで髪が消失したのかと絶望しかけたけれど、どうやらそうじゃなさそうだ。

「はい。ケンゴ様が倒れてから少しずつ髪の一部の色が抜けて、一部分だけ根元から白くなっています」

髪が白くなっているのか？

この世界で鏡が出回っていないので、すぐに自分の髪を確認することはできない。

黒の外套に誘拐されて魔力を搾取《さくしゅ》されたアンナちゃんもそうだったけど、魔力が尽きた人間は皆髪が白くなっていた。

今回、俺は魔力を使い切った感覚はなかったものの、これが時を止めた代償なのだろうか？

代償だとしたら、実に性質《たち》が悪い。

短時間止めただけでこれだ。

長時間、または複数回時を止めて髪が全て白くなってしまったら、俺はいったいどうなるんだ？

そもそも、魔力切れで再起不能になったら一大事だ。

もう安易に時を止めるのはやめないとな……

「エレナ、気になるから、何か水を入れる器《うつわ》をもらえないか？」

「はいすぐに用意しま……」

と、エレナが枕元を離れたところで……

「エレナさん‼　ケンゴ様の目が覚めたって本当ですかっ⁉」

突然リンが扉をもの凄いで開けて部屋に入って来た。

「リン‼　ケンゴ様はまだ目覚《めざ》めたばかりなんですよ！」

エレナが咎めると、リンはそこでピタリと足を止めた。

扉の側にはマリアも見える。

良かった。元気そうだな。

俺が最後に見た時は真っ青だった顔色も、前のように大分血色が良くなっている。

……しかし、リンは泣きそうな顔のまま固まっているが、大丈夫か？

「ケンゴ様‼」

突然リンがそう叫ぶと、先ほどのエレナみたいに急にこちらに突進してきた。

ああ、またか……

こちらに迫ってくるリンをこれからどう宥めようか考えながら、俺はそのまま彼女の突進を受け入れた。

＊＊＊＊

「本当に白くなっているな……」

俺は部屋から出て、改めて水に自分の姿を映して髪の変化を観察していた。

元々黒髪だったのに、今では髪の一割ほどが完全に白髪《しらが》になっている。

白髪がアクセントになって、少しだけ見た目が若くなった気がする。

だが、白髪になった理由はオシャレでもなんでもないから、油断できない。これからは時間関係の魔法は極力控えよう。

もしかしたら次に使ったら一気に白髪の範囲が広がっていくかもしれないしな……

自分の現状を確認した俺は、改めて周囲を見る。

ここは一週間前に俺達が襲撃した集落の広場へと続く道だ。

襲撃時にいた魔物やカシム指揮下の人間が警備《けいび》に歩いているのがたまに見えるが、人々は落ち着いている。

リンが部屋に来た後は、本当に大変だった。

エレナと同様に俺の具合や髪のことを聞いてきたし、ようやく説明し終わったかと思うと次はカシムやゴブ一朗、ポチなどの主要メンバーをはじめ、魔物や人間が皆、俺の体調を確認しに来た。

心配してくれるのは嬉しかったけど、さすがにあの人数だと部屋に入りきれないし、説明するだけでもかなり疲れた。

最終的にはエレナが追い払ってくれたが、さすがに全員の相手は俺には無理だ。

しかし、みんな元気そうで良かった……

心配していたマリアも大丈夫そうだし、終わってみれば、今回の被害は俺の白髪くらいのものだ。

「それで、俺が寝ている間に起こったことを把握したいんだが、教えてもらっても大丈夫か？」

「はい、わかりました」

そう返事をしながらエレナが俺の寝ていた間に起こったことを詳細に話してくれた。

まず俺がエレナ達を転移で運んで倒れてすぐ、数分もしないうちにもの凄い轟音が聞こえ、大森林がかなり揺れたらしい。

恐らく魔石が爆発したのだろうが、エルフの集落まで余波が来るとは、余程大きな爆発だったのだろう。

しかもその揺れの後、エルフの集落の周囲を覆っていた加護が突然消え、俺が倒れたことと合わせて軽いパニックになったみたいだ。

しかし、その場はゴブ一朗の機転《きてん》のおかげでなんとかなったようだ。

だが問題はそこからだった。なんとゴブ一朗達はその翌日には確認のために巳朗達を神樹があった場所に派遣したらしい。

せっかく逃げてきたのに、もしラーナが生きていたらどうするつもりだったんだ？

しかもガルア達からの訴えで、周辺の集落や神樹の加護を与えた他のエルフや亜人の集落の状況確認も同時進行で行ったらしい。

前日まで戦闘していたのに、どこからそんな元気が出てくるのだろうか？

完全に働きすぎだ。絶対に今度休みを取らせよう。

「それで、本当に神樹はなくなっていたのか？」

俺の質問に、エレナが頷く。

「はい、巳朗の話では神樹があった場所を中心に、大規模な爆発が起こった形跡《けいせき》があったそうです。神樹に関してもそれらしい大木は根元付近からなくなっており、恐らく爆発で吹き飛んだものと思われます」

「そうか……ラーナの死体や痕跡《こんせき》は見つかったのか？」

「いえ、現場には何一つ残っていなかったとのことです」

あれだけ大量の魔石が爆発したんだ、どれほどの威力だったか想像もできない。

ラーナの行方もわからなくなってしまったが、恐らく死んでいるだろう。

剣も確実に刺さっていたたし、たとえ生きていたとしても、あれほど神樹に侵食されていたんだ、もはや普通の生活を営《いとな》むのは不可能だろう。

結局、ラーナから詳しい情報は得られなかったが、あんな状況では仕方がない。いずれにしても、今後さらに警戒する必要がある。

「それで、他の集落の様子も確認しに行ったと言っていたが、そこら辺はどうなんだ？何か問題はあったのか？」

「問題というほどのものはありませんでした。強いて言うなら、神樹の巫女が未だに立ち直っていないくらいです。エルフ達は、加護が消失したせいで近隣の集落や亜人達を守る術がなくなり、すぐにケンゴ様のお力を借りたいと、ガルアが主導して助力を求めてきました」

ふむ、確かに神樹の加護がなくなるのは一大事だろうな。

俺達の拠点で言うところの壁がなくなったみたいなものだからな。

しかもこの集落の男衆は襲撃の際にゴブ一朗達が殺してしまって、かなり数が減っている。

こんなことなら、先に召喚しておけばよかったな……

「他の集落は無事だったのか？」

「半々です。私達が動き出したのは加護が消失した翌日だったので、既に魔物に襲われたり逃げ出したりして機能しなくなった集落や、交戦中の集落もありました」

「まぁ、単に集落を守る加護がなくなっただけじゃなくて、魔物達にしてみれば突然餌《えさ》がたくさんいる集落が現れた形だからな。襲わない理由がない」

「こちらとしてはケンゴ様の安否《あんぴ》が不明の中、あまり人員は割けないので、当初はガルア達の意見は無視し、神樹の確認作業だけの予定でした。しかし、父が〝ケンゴ様なら他を見捨てない、エルフを復活させた理由を考えろ〟と言うので、ゴブ一朗先輩がその言葉を採用して各集落の確認を行った次第です」

　ふむ、さすがカシムだな。

　良識《りょうしき》のある大人がいると本当に助かる。

　今回、エルフ達には散々な目に遭《あ》わされたが、神樹の加護の庇護下にあった亜人達はエルフに巻き込まれた形だからな。ある意味犠牲者でもある。

　魔物に襲われるとわかっているなら、手の届く範囲はなるべく助けてやりたい。

「そうか、カシムに礼を言わないといけないな。それで、無事だった亜人達はどうしたんだ？　放置したままだと魔物に襲われるだろ？」

「現在、他の集落の亜人達にはこの集落の近辺に集まってもらっています。一応、護衛としてうちからも何人か出していますが、周辺には八等級程度の魔物くらいしかいないので、問題はないと思います」

「そうか、だったら早くなんとかした方が良さそうだな」

俺はそう言うと保護した亜人達に会うために移動する準備を始めた。

＊＊＊＊

『全員、飲み物は行き渡ったか⁉』

ゴブ一朗が声を上げると周囲からもそれに応えるように声が上がる。

「ああ‼」

「早くしてくれ‼」

「飲み物が干上《ひあ》がっちまうよ‼」

『今回の宴はケンゴ様の快気祝《かいきいわ》いだ‼　存分に騒げ‼』

「「「おおおおお‼」」」

ゴブ一朗を囲むように集まった拠点の住民達は、その言葉を合図に歓声を上げながら飲み物の入った器を掲《かか》げた。

「す、凄い声だな……」

俺はどんちゃん騒ぎの中心から外れた場所でその光景を見ていた。

「みんなケンゴ様が回復して喜んでいるんですよ」

俺の横にいるエレナが、ゴブ一朗達が騒ぐ様子を見て嬉しそうに笑っている。

「まぁ、喜んでくれるのは嬉しいんだが、今回の宴は王国との交易の開始とエルフ含む亜人の拠点の復興の目処《めど》がついてそれが開始したことの祝いだからな？　それがなんで俺の快気祝いになっているんだ？」

「それだけみんながケンゴ様の事を思っている証拠です。ケンゴ様は嬉しくありませんか？」

「いや、嬉しくないわけじゃないんだけどな……」

俺はそう言うと苦笑しながら輪の中心で騒ぐゴブ一朗達を見た。

みんな本当に嬉しそうだ。

あの騒動から早半月。亜人やエルフ達を纏めたり、犠牲者の召喚や復興の手伝いをしたりと、かなり忙しかった。

期《き》せずして、俺達の拠点は神樹の加護を失った森の民の盟主《めいしゅ》的な立場となり、ますます勢力を拡大した。

王国の監査官は無事に査察《ささつ》を終え、今後は王国との取引や交流も期待できる。

そんなわけで、森のゴタゴタや王国との話がようやく一段落したと思ったら、この騒ぎだ。

別に悪いわけではないが、本当にこいつらは忙しないな。

俺がゴブ一朗達の騒がしさに圧倒されていると、リンとマリアこちらに駆け寄ってきた。

「あ、ケンゴ様‼　そんな端《はし》っこで何をしてるんですか⁉　こっちに来てください‼　何かやるみたいですよ？」

「リン、せっかくエレナさんと二人でいるのに、何余計なことを言っているの⁉」

二人も本当に元気になったよな……

俺は目の前で言い争う二人を見ながら、出会った時のことを思い出す。

奴隷商館で初めに見た時に死にそうだったのが、本当に嘘のように感じる。

「ケンゴ様、こっちです‼」

「リン‼　仕方ないですね……」

リンは俺の前に来ると俺の手を取って騒ぎの中心へと引っ張っていく。

このままではエレナと離れてしまうが、苦笑しながらこちらを見ていたので大丈夫そうだ。

リンにつれて来られた人集《ひとだか》りの中心ではゴブ一朗とポチが何やら言い争っていた。

『おい、今なんと言った？』

『探索も含め、我らが一番多く魔物が狩れるとエルフに教えていただけだが？』

『それは聞き捨てならんな。探索も魔物狩りも圧倒的に俺の方が上だろうが？』

『一刻で我の半分ほどしか進めぬゴブリンがよく言えるな？』

『魔物の解体すら満足にできん犬が、一番とぬかす方が笑えるわ』

あっ、これはやばい……

俺が二匹の険悪な状態に冷や汗をかいていると、横から声が掛かった。

『まぁまぁ、二人とも落ち着いて。一番は僕でしょ？　一番を語るなら、まず索敵能力を鍛えなよ。二人とも僕の半分くらいしか狩れないんだから』

横から入って来たうさ吉が何故か二匹を煽っている。

『ああ？　うさ吉、貴様は数が多いだけだろう』

ゴブ一朗に睨まれても、うさ吉は一歩も引かない。

『それでも、探索の範囲も数も僕が一番だから、二人とも自重《じちょう》しなよ。恥ずかしくないのかな？』

『良い度胸だ。久しぶりにあれをやるぞ』

『いいね。ここでしっかりと実力の違いをわからせないとね』

『吠《ほ》え面《づら》をかいても後悔するなよ？』

三匹は牽制し合いながら、何故か拠点の入り口へと向かう。

あれ？　宴の最中に、あいつらどこへ行くつもりなんだ？

首を捻る俺をよそに、周囲はそれを見てかなり盛り上がっていた。

「俺はゴブ一朗さんに入れよう！」

「お前、統計的に見てもうさ吉さんが勝つだろ」

「いや、大森林内じゃポチさんが有利じゃないか？」

よく聞くと、みんな魔石を持って何か賭《か》けを始めていた。

この感じ……いつも似たようなことをやっているのだろうか。

「ケンゴ様は誰が勝つと思いますか⁉」

リンも楽しそうに聞いてくる。

俺は苦笑しながらゴブ一朗達に程々にするように念話を送る。

まあ、あいつらなら心配ないだろうが。ケンカするほど仲が良いってやつだ。

そういえば、あの三匹と俺で探索に行ったたな。

最初は三匹ともついて来るのがやっとだったのに、今ではこの拠点を代表する存在になった。

時間が経つのは早いな……

俺は改めて周囲へと視線を向ける。

みんなゴブ一朗達の勝負を見て大いに盛り上がっていた。

ジャックとカシムは大人の男同士で酒を酌《く》み交《か》わし、モーテン達のパーティーも久々の拠点でリラックスしているようだ。

アルバートは相変わらずマイペースで、グラス片手に試作品の魔道具を調整中だ。お前、この前手に入れた魔纏着を暴走させて大変だったのに、懲《こ》りていないな。

騒ぎから少し離れた所にはエッジ達のパーティーもいる。この宴のために一時的に帝国から連れてきた。

久々にエッジとマーリンに会えて、拠点に残ったリアムは嬉しそうだ。

新参のクリスはまだ緊張気味だが、歳の近い人間の女の子と仲良くなったらしく、ゴブ一朗達の会話を通訳してもらっている。生活が一変して大変だと思うけれど、いずれここでの居場所を見つけて馴染《なじ》んでいってくれるだろう。

思えば俺も、この世界に来た時は一人きりだった。

それが今ではこんなに多くの仲間達に囲まれている。

楽しいことだけじゃなかった。

むしろ、黒の外套とかいう巨大犯罪組織に襲われたり、国同士の戦争に介入《かいにゅう》したりと、前世でサラリーマンをやっていた頃には考えられない危険の連続だったかもしれない。

けれど、それを補《おぎな》って余りあるほどの幸せを手に入れた。

俺は幸せ者だ。

きっとこれからも厄介事はまだまだ起こるだろう。

しかし、俺は一人じゃない。

辛いこともあるだろうが、みんなで乗り越えていけば、必ず上手くいくはずだ。

「この世界に連れてきてくれた神様に感謝しないとな」

俺はそう呟きながら、みんなの輪の中に入っていった。

あとがき

この度は、文庫版『異世界をスキルブックと共に生きていく3』をお手に取っていただき、誠にありがとうございます。

今回のお話は、王国と帝国の戦後から始まります。

事件が起こったのは、主人公ケンゴが王族との謁見や祝勝《しゅくしょう》パーティーをなんとか乗り切り、やっとのことで拠点初の交易を始めようかという時でした。彼らの拠点が謎の集団によって突如、襲撃を受けたのです。そこでケンゴ達は慌ててこの非常事態への対処を迫られるわけですが……。

本作は、この状況に彼らが向き合う中で巻き起こる新たなクエストを解決していくお話になります。その過程で、待望のエルフをようやく登場させることができました。

異世界ものの小説を書くなら、私は定番の種族であるエルフをずっと書いてみたかったんですよね。すでにドワーフや獣人は出せていたものの、エルフに関してはストーリーの都合上、どの場面で、どんなふうに登場させるかとても悩みました。

敵として出すべきか？　あるいは仲間として——？

エルフといえば、鬱蒼と木々が生《お》い茂《しげ》る森の中に住み、世界樹みたいな大きな木を守りながら暮らしているイメージです。しかし、物語の場面としてはケンゴ達が関わった戦争が終わったばかり。この二つの要素に、どのような接点を作れば彼らを結びつけることができるだろう……？　色々と考えた結果、今回は敵として登場してもらいました。

読者の皆様は、エルフの突然の登場に違和感はなかったでしょうか？　自分としては、「やっと登場させることができた！」と書いていて嬉しかった思い出があります。

その後の展開はお読みいただいた通り。エルフ達も他の種族と同様に、ケンゴのスキルによって仲間になりました。これからもケンゴは多くの種族と出会い、仲間を増やしていくことでしょう。

けれども、ちょっぴり寂しいですが、本作はこれにて最終巻となります。

ケンゴ達の冒険は、今後も異世界で続いていくと思いますので、読者の皆様には是非《ぜひ》、彼らのその後の活躍をご想像いただけますと幸いです。

最後にはなりますが、本作を応援してくださった読者の皆様、出版にあたりご協力くださった関係者の方々に、改めて御礼を申し上げます。

また皆様と、どこかでお会いできることを願っています。

二〇二一年十一月　大森万丈

アルファライト文庫

この作品に対する皆様のご意見・ご感想をお待ちしております。

おハガキ・お手紙は以下の宛先にお送りください。

【宛先】

〒150-6008 東京都渋谷区恵比寿4-20-3 恵比寿ガーデンプレイスタワー 8F
（株）アルファポリス　書籍感想係

メールフォームでのご意見・ご感想は右のQRコードから、
あるいは以下のワードで検索をかけてください。

アルファポリス　書籍の感想　検索

ご感想はこちらから

本書は、2020年7月当社より単行本として
刊行されたものを文庫化したものです。

異世界《いせかい》をスキルブックと共《とも》に生《い》きていく 3

大森万丈（おおもり ばんじょう）

2021年 11月 30日初版発行

文庫編集－中野大樹／宮田可南子
編集長－太田鉄平
発行者－梶本雄介
発行所－株式会社アルファポリス
〒150-6008東京都渋谷区恵比寿4-20-3恵比寿ガーデンプレイスタワー8F
TEL 03-6277-1601（営業） 03-6277-1602（編集）
URL https://www.alphapolis.co.jp/
発売元－株式会社星雲社（共同出版社・流通責任出版社）
〒112-0005東京都文京区水道1-3-30
TEL 03-3868-3275
装丁・本文イラスト－SamuraiG
装丁デザイン－ansyyqdesign
印刷－中央精版印刷株式会社

価格はカバーに表示されてあります。

落丁乱丁の場合はアルファポリスまでご連絡ください。

送料は小社負担でお取り替えします。


ISBN978-4-434-29602-4 C0193